오늘은 좀 돌아가 볼까

송지현 소설

그리고 소설가 송지현의 일요일

다산
책방

다소 시리즈 003

오늘은 좀 돌아가 볼까

초판 1쇄 인쇄	2025. 08. 19.
초판 1쇄 발행	2025. 09. 03.
초판 1쇄 완독	

지은이	송지현
읽은이	

펴낸이 김선식 · 부사장 김은영 · 콘텐츠사업2본부장 박현미 · 책임편집 곽수빈 · 디자인 이현진 · 콘텐츠사업6팀장 임경섭 · 콘텐츠사업6팀 정지혜 곽수빈 조용우 이한민 이현진 · 마케팅1팀 박태준 권오권 오서영 문서희 · 미디어홍보본부장 정명찬 · 브랜드홍보팀 오수미 서가을 김은지 이소영 박장미 박주현 · 채널홍보팀 김민정 정세림 고나연 변승주 홍수경 · 영상홍보팀 이수인 염아라 김혜원 이지연 · 편집관리팀 조세현 김호주 백설희 · 저작권팀 성민경 이슬 윤제희 · 재무관리팀 하미선 임혜정 이슬기 김주영 오지수 · 인사총무팀 강미숙 이정환 김혜진 황종원 · 제작관리팀 이소현 김소영 김진경 이지우 황인우 · 물류관리팀 김형기 김선진 주정훈 양문현 채원석 박재연 이준희 이민운 · 외주스태프(마케팅) 전효선

펴낸곳 다산북스 · 출판등록 2005년 12월 23일 제313-2005-00277호 · 주소 경기도 파주시 회동길 490 · 전화 02-704-1724 · 팩스 02-703-2219 · 이메일 dasanbooks@dasanbooks.com · 홈페이지 www.dasan.group · 블로그 blog.naver.com/dasan_books
용지 스마일몬스터 · 인쇄 민언프린텍 · 코팅 및 후가공 평창피앤지 · 제본 국일문화사

ISBN 979-11-306-6981-6 (03810)

· 파본은 구입하신 서점에서 교환해 드립니다.
· 이 책은 저작권법에 의하여 보호를 받는 저작물이므로 무단 전재와 복제를 금합니다.

외삼촌에게

차례 오늘은 좀 돌아가 볼까 007

소설가 송지현의 일요일 125

소설가의 책상 161

어느 해

시골집 옆엔 얕은 개울이 있었다.

엄마가 어릴 적 그곳은 개울이 아니라 강이었다고 했다. 동네 아이들 모두 다리에서 다이빙도 하고 그랬다고. 나를 시골에 데려다 놓는 날 아침마다 엄마는 그 얘기를 했고, 저녁이면 나를 두고 집으로 돌아갔다. 엄마가 식당을 접고, 동생이 태어나고, 또 내가 혼자 있어도 괜찮을 만큼 클 때까지 나는 늘 시골집에서 방학을 보냈다.

여름방학에 할머니는 옥수수를 따거나 파느라 바빴다. 할머니는 외출하기 전에 내게 소쿠리를 하나 쥐여주었다. 나는 그걸 들고 개울로 가 낮 동안 다슬기를 잡았다. 하루 종일 이 바위 저 바위를 들추면 소쿠리의 반은 채울 수 있었다. 해가 질 때쯤 노을과 함께 돌아온 할머니는 그걸 삶아주었고, 이쑤시개로 다슬기 살을 살살 파 올리다 보면 저녁이 되었다. 시골집에서는 집에서와 다르게 늘 이른 시간에 잠이 들었다.

겨울방학은 여름방학과는 달리 길고 지루했다. 가끔 할아버지가 용돈을 주면 바로 점방으로 달려가 과자를 사 왔다. 그러나 외삼촌의 낡은 만화책을 반복해 읽으며 과자를 집어 먹다 보면, 만화책은 질리고 과자는 금세 동나 있었다. 그럼 나는 엎드려서 신문지 구석에 만화를 그리거나 구멍이 난 자음을 새까맣게 칠하며 겨울을 나야만 했다.

그래도 잠들기 직전에 할머니가 해주는 이야기를 듣는 건 좋았다. 세부적인 내용은 조금씩 달라도 결국 줄기는 같은 이야기들이었지만, 할머니의 말 한 마디 한 마디의 억양이 살아 있었기 때문이다. 할머니가 어떤 때는 숨을 죽여 속삭이고, 어떤 때는 왁! 하고 소리를 내질러 나는 밤마다 깔깔거리며 웃다 잠들었다. 그러고 나면 신기하게도 혼자 보낸 낮 시간은 어제에 갇혔고 내일을 맞이할 수 있었다.

할머니가 해준 이야기 중에는 방학이 끝나 집에 돌아가고 나서야 더 생생해지는 것도 있었다.

때는 전쟁이 한창이던 시절, 할머니는 이야기를 듣던 나와 비슷한 나이의 꼬마다. 낮 시간이면 할머니와 친구들은 동네를 쏘다닌다. 그즈음 동네 아이들에겐 캔 뚜껑에 달린 따개를 모으는 것이 유행이다. 빛이 닿으면 반짝거리는 알루미늄 고리는 아이들에게 귀한 보석처럼 보인다.

이상하게 고요한 낮. 친구들은 보이지 않고 할머니는 혼자 뒷산에 오른다. 나뭇가지 사이로 비쳐 드는 몇 줄기 빛 안에는 먼지가 부유하고 있다. 빛이 내리는 곳을 향해 시선을 돌리니, 산더미처럼 쌓인 캔이 보인다. 할머니는 아무에게도 알려주지 않고 그날 밤 다시 산에 오른다. 혼자만 보석을 차지할 셈이다. 정신없이 캔을 줍고 고리를 모으다 할머니는 숨을 삼킨다. 캔 사이로 푸르스름한 손이 삐져나와 있다. 줍고 있던 캔이 문득 선명히 보인다. 온통 구더기가 끓고 있다. 그 순간 캔이 와르르 쏟아져 내리며 부릅뜬 눈이 드러난다. 죽은 사람의 눈에는 초점이 없지만 그 시선이 자꾸만 자신을 좇는 것 같다. 할머니는 힘이 풀리려는 다리를 겨우겨우 끌고 집으로 돌아온다. 그날부터 한동안 눈을 감을 때마다 캔 무덤이 아른거린다.

지금 시골집 옆에는 개울이라고 부르기엔 민망하게도 물줄기 몇 개가 갈라져 흐를 뿐이다.

봄

민수와 나는 1500세대가 넘게 사는 대단지 복도식 아파트에 산다. 이곳에 이사 온 것은 몇 해 전, 나무에 새순이 막 돋기 시작할 때였다. 부동산 중개사는 집을 보여주며 단지가 낡긴 했지만 풍경이 좋다고 강조했다.

"이 단지 안에 있는 나무들이 다 벚나무예요. 벚꽃 철에 멀리 안 나가도 된다니까요."

그 말에 덜컥 계약했는데, 막상 살아보고는 환기가 안 되는 화장실과 내 맘대로 조절할 수 없는 중앙난방 등을 겪으며 이사한 것을 약간 후회했다. 하지만 중개사의 말처럼 벚꽃이 피기 시작하니 마음이 너그러워져서 나는 화장실엔 제습기를 두고 추우면 전기장판을 켜면 되지, 라고 생각했다.

처음 이사 왔을 땐 단지 내의 연령층이 높다는 것에 놀랐다. 무료 안마 버스가 왔다는 사실을 전체 방송으로 알려주기도 했다. 그러나 요즘엔 신혼부부들이 오가는 모습이 자주 보인다. 15평 남짓한 소형 평형이지만, 신혼부부가 현실적으로 매입할 수 있는 가격대라 수요가 점차 늘고 있다고 했다. 그래선지 같은 층에 사는 사람들은 당연히 우리를 부부라고 생각하는 것 같았다.

원래부터 민수와 같이 살 생각은 아니었다. 이 집으로 이사 오기 전, 대로변에 있던 원룸 오피스텔이 내가 처음으로 혼자 살아본 집이다. 그때만 해도 집을 계약할 때 뭘 해야 하는지 몰라서 어디서 주워들은 대로 변기 물을 내려보고 세면대 물도 틀어보고 있었는데, 중개사가 나를 커다란 창 쪽으로 안내하며 말했다.

"여기 참 교통편이 좋아. 역도 가깝고. 저기 버스 정류장 보이죠?"

나는 정류장 근처에 서 있는 사람들을 지켜보았다. 12층이었기 때문에 모두 작은 픽셀 조각들처럼 보였다.

"지금 12층이랑 3층, 딱 두 개 나와 있는데 층수만 빼고 모든 게 같아."

나는 누구라도 고층을 선택하지 않을까 생각하며 12층 방을 계약했다. 그리고 출퇴근 시간의 엘리베이터는 층마다 사람을 태우느라 답답할 정도로 느리다는 사실을, 또 대로변에 있는 방에는 먼지가 참 잘 쌓인다는 사실을 알게 되었다.

그리고 또 하나 알게 된 사실. 혼자 남겨진 공간의 적요와 그것이 불러오는 고립감. 분명 이전에도 외롭다거나 적적하다는 기분을 느낀 적은 있었다. 하지만 누군가와 한집에 살 때와는 분명히 달랐다. 본가에는 가끔 냉전을 벌이긴 해도 같은 드라마를 챙겨 보는 동생이 있었고, 늦게까지 가게를 하느라 얼굴 보기 힘들지만 그래도 엄마가 있었다. 그리고 무엇보다 그들의 물건이 있었다.

이전의 나는 내가 혼자 있기를 좋아하는 사람이라는 걸 믿어 의심치 않았다. 늘 나만의 것으로 채운 나만의 공간을 갖길 원했다. 그래서 자취하는 친구들을 부러워했다.

하지만 막상 자취방을 계약하고 나니 내 물건밖에 없는 휑뎅그렁한 공간으로 혼자 퇴근하는 게 내키지 않았다. 어느 주말, 도통 자취방에 갈 생각은 않고 본가에 눌어붙은 내게 동생이 이렇게 말할 정도였으니까.

"언니, 집주인한테 월세를 기부하는 거야?"

낯선 공간에 혼자 있을 생각을 하니 어쩐지 겁이 난다는 말은 동생에게 차마 할 수가 없었다.

"아직 그 동네 맛집도 모르고…… 혼자 배달 음식 시키기도 좀 그래. 남으니까……."

그 말에 동생은 자신의 방으로 들어가 주섬주섬 짐을 싸더니 출발하자고 했다.

"어딜 가?"

"언니 자취방."

동생은 그 뒤로 일주일가량 내 방에서 머물렀다. 퇴근하고 자취방에 들어서면 본가에서처럼 동생이 있었다. 함께 배달 음식도 시켜 먹고 엎드려서 노트북으로 드라마도 보자니 그저 본가에 있는 내 방을 똑 떼다 옮겨 온 기분이었다. 그리고 그런 기분에 대해 말하자 동생은,

"이제 혼자서도 잘 있을 수 있지?"

라는 말을 남기고는 본가로 돌아갔다. 혼자 남겨지자 나는 평생 미뤄놓았던 일을 하는 것처럼 잠을 잤다. 주말이면 아무 때나 일어나서 아무거나 겨우 먹었다. 출근을 제외하면 집 밖엔 좀체 나가지 않게 되었다. 혼자 있으면 나를 함부로 대하기 쉽다는 사실을, 그제야 알았다.

민수는 그런 나를 위해 시간이 될 때마다 내 방에 놀러 와주었다. 그러다 밤이 늦어 자고 가고, 자주 자고 가다 보니 필요한 여러 물건이 쌓여, 민수의 짐은 내 짐에 자연스레 섞여 들었다.

자취를 시작할 때만 해도 나는 내가 독립적인 사람인 줄 알았고 누군가 내 방에 자주 놀러 올 리가 없다고 생각했으므로, 당연히 싱글 침대를 사두었다. 그래서 우리는 "각방은 아니고 각 이불인가?"라는 농담을 해 가며 매트리스와 바닥에서 번갈아 잤다. 그렇게 4년을 그 집에서 지냈다.

이사를 오며 쓰던 침대를 버리고 퀸 사이즈 침대를 샀다. 민수의 짐이 함께 옮겨진 건 당연하다.

지금 사는 아파트는 계약서엔 투룸이라고 적혀 있지만 거실이 따로 없어 사실상 1.5룸이나 다름없다. 우리는 복도를 향해 난 작은 방을 침실로 쓰고 미닫이문이 달린 큰 방을 거실처럼 쓴다. 잠귀가 예민한 민수는 처음엔 큰 방에 침대를 두자고 했다. 복도에 사람들이 오갈 때마다 켜지는 센서등과 말소리나 발걸음 같은 소음을 걱정한 것이다. 하지만 한 칸으로 된 방에 오래 살아서인지 나는 자는 곳과 생활하는 곳을 분리해 두고 싶었다. 별로 논리적으로 설득하지 않았는데도 민수가 한발 양보하여 우리는 생활 목적에 따라 분리된 공간을 갖게 되었다. 밤늦게 복도를 오가는 사람이 거의 없어서 다행히 민수는 대로변에 있던 이전 집에서보다 잠을 잘 잤다.

이 집으로 이사하며 우리에겐 TV도 생겼다. 인터넷을 신청하면 사은품으로 주는 TV를 거실에 설치하면서 민수는 내 말을 듣길 잘했다고 했다. 괜히 으쓱해져,

"이 TV로 유튜브도 볼 수 있다? 사은품치고는 괜찮지 않아?"

라고 말했더니,

"요즘 유튜브 연결 안 되는 TV가 어딨냐."

답이 돌아왔다. 역시 두 번 연속 칭찬은 입이 아픈 모양이었다.

민수는 작년까지 지역 신문사에서 일했다. 민수가 마지막으로 썼던 기사는 3대째 이어온 국밥집의 위생에 관련된 것이었다. 민수는 그걸 쓰면서 힘들어했다. 우리의 단골집이었기 때문

이기도 했거니와, 그 정도의 위생은 대부분 지키지 않고도 잘 살아간다, 는 것이 민수의 입장이었다. 국밥집은 얼마간 영업을 정지당했지만, 다행히 민수의 바람대로 지금은 잘 운영되고 있다. 하지만 민수는 그 기사를 쓴 뒤로 그곳에 가지 못했다. 그리고 얼마 안 가 일을 그만두었다.

올해 초, 민수의 친구가 동네에 보습학원을 차리기 전까지 우리는 나란히 백수 신세였다. 민수가 신문사를 그만두기 몇 달 전부터, 정규직 전환에 실패한 내가 이미 일을 쉬고 있었기 때문이다. 취준생일 때 만나 연애를 시작한 우리가 동시에 일을 쉬는 것은 처음이었다. 취업 준비를 할 때 우리의 데이트 장소는 주로 도서관이었다. 그래도 생각해 보면 가끔은 분위기 좋은 술집에 가기도 했는데…… 갑자기 궁금해져서 민수에게 물었다.

"그때 둘 다 일도 안 했는데 데이트 비용은

어디서 났지?"

민수가 머뭇거리더니 대답했다.

"초반이라 좀 잘 보이고 싶어서 내가 냈어."

그리고 한층 더 작아진 목소리로 덧붙였다.

"엄마 카드로······."

민수가 말하길 한번은 모텔비가 부족해서 엄마 카드를 쓴 적이 있다고 했다. 모텔 이름이 '필름'인 데다 낮에 결제한 탓에 거기까진 잘 넘어갔는데, 저녁에 술집에서 카드를 긁었을 땐 엄마에게 전화가 왔다고.

"서교룸? 너 취직은 안 하고 뭐 하면서 싸돌아다니는 거니, 대체?"

나는 큰 소리로 웃고 말았다. 그 시절 우리가 종종 가던 술집은 '서양요리 교자상'이라는 곳이었다. 칸막이로 되어 있는 방에 교자상을 두고 음식을 차려주는 퓨전 음식점이었는데 아마 그곳의 사장이 짓궂게도 상호명을 '서교룸'

으로 등록해 둔 모양이었다.

올 초의 우리는 그런 이야기를 나누며 초저녁이면 줄넘기 줄과 오이를 챙겨 공원으로 갔다. 저녁의 공원에는 사람이 많았다. 나는 오가는 사람들을 보며 어릴 적 플레이하던 게임을 떠올렸다. 게임의 목표는 시장이 되어 살기 좋은 도시를 만드는 것이었는데, 공공시설을 새로 지을 때마다 시민들의 만족도가 올랐다. 아마 그렇게 프로그래밍되어 있었겠지만, 새로 만들어진 시설 근처를 지나가는 작은 픽셀 인간들은 꼭 거길 이용했다. 그럼 괜히 뿌듯해지곤 했다. 멀리서 우릴 지켜보는 어떤 존재가 있다면 지금쯤 그도 뿌듯해하고 있을까?

그 게임은 플레이어가 일부러 재난을 일으킬 수도 있었다. 친구들과 함께 플레이할 때는 이런저런 재난 버튼을 눌러댔지만, 혼자 있을 땐 절대 그러지 않았다. 어쩐지 그 도시가 정말 존재하는 세계처럼 느껴져서 망치고 싶지 않았기 때문이다. 그러나 망치고 싶지 않아서 망치는 일들이 정말 많다는 걸 그때는 몰랐다. 때로는 거의 처음으로 돌아가서 다시 시작하는 편이 나을 수도 있다는 것을. 물론 현실의 우리에게 리셋의 기회는 없지만.

우리가 가진 줄넘기 줄은 하나였다. 하나를 더 사도 됐을 텐데 꼭 번갈아 줄을 넘었다. 내가 500번, 민수가 1000번의 줄을 넘을 때마다 우리는 턴을 바꿨다. 체력이 한계에 다다라 더 이상 줄을 넘을 수 없을 때쯤이면 벤치에 앉아 숨을 고르며 오가는 사람들을 구경했다. 어느 정도 숨이 돌아오고 나면 가방에서 오이를 하나씩 꺼내 그걸 오독오독 씹으며 귀가했다.

"그런데 우리, 뭘 위해 이렇게 열심히 하는 거야?"

하루는 내가 물었고 민수는 잠시 고민하다

대답했다.

"음. 멋진 몸매로 워터파크나 갈까?"

웃으면서 집으로 돌아오면 하루가 빠르게 흘러 있었다. 처음 나란히 백수가 됐을 땐 막막하기도 했는데, 이제는 안다. 지나고 나니 생각보다 좋은 시절이었다는 걸. 통과하고 나서야 어떤 시절을 지나왔는지 깨닫게 된다는 것도. 민수에겐 이제 출근할 곳이 생겼고, 그때보다 우리는 덜 불안하지만 이미 통과해버린 시절은 돌아오지 않는다.

민수가 학원에 일자리를 구한 것은 잘된 일이었지만, 근무시간만큼은 맘에 들지 않았다. 아무래도 학생들이 하교한 뒤에 본격적으로 학원 수업이 시작되니 애매한 시간에 출근하여 밤 11시가 다 되어서야 퇴근을 할 수 있었다. 민수가 일을 시작한 뒤 우리가 함께 할 수 있는 거라곤 늦은 저녁을 먹는 것뿐이었다. 그렇기 때문에 우리는 그 어떤 일을 할 때보다 신중하게 매일의 메뉴를 골랐다. 거의 눈을 뜨자마자 뭘 먹을지에 대한 이야기를 시작해 하루 종일 고민하고, 그렇게 고른 음식을 먹으며 내일의 메뉴를 궁리하는 식이었다.

메뉴에 대한 의견은 아침, 점심, 저녁이 모두 달랐다. 아침에 우리가 세우는 계획은 좀 합리적이다. 일주일 치 식단을 짜서 장을 본 뒤, 모든 요리를 집에서 해 먹자는 것이다. 당연히 배달 음식을 먹는 것보다 바람직한 소비가 될 것임이 분명하다. 게다가 냉장고엔 곧 썩어갈 재료들이 있고 그걸 소진하지 않으면 미래에 고생하는 것은 우리일 테니까. 나는 아직도 썩은 당근의 냄새를 잊을 수 없다…….

그러나 계획이란 건 언제나 수정 가능하다는 점에서 존재할 만한 가치가 있다.

오후쯤 되면 아침에 세웠던, 바람직한 소비

와 건강한 식습관을 위한 계획이 조금씩 흔들리기 시작한다. 하루는 아직 절반이나 남았고, 남은 하루도 그저 그럴 거 같고, 때문에 집에 와서는 특별하게 하루를 마무리하고 싶어지는 것이다. 그래서 저녁에 우리가 먹게 되는 것은 언제나 예측할 수 없다.

"우리, 지키지 않을 걸 알면서도 매번 계획은 정말 열심히 세운다. 그치?"

"근데 그런 게 더 재미있는 것 같기도 해. 결국 뭘 먹게 될지 알 수 없다는 거."

민수는 요리에 소질이 없다. 그러나 올 초에, 그러니까 우리가 초저녁마다 부지런히 줄넘기를 뛰던 시절에, 민수와 나는 함께 음식을 만든 적이 있다. 오이를 씹으며 집으로 돌아가다 슈퍼에 들렀을 때였다. 우연히 김밥 재료 패키지를 발견한 민수가 말했다.

"이거 하나면 김밥을 만들 수 있나 봐."

그리고 뭔 바람이 불었는지 우리는 김밥 재료를 사서 김밥을 만들기로 했다. 민수와 김밥을 만들기 전에 나는 집에서 만든 김밥을 먹어 본 적이 없었다. 우리 집에서 김밥은 사 먹는 음식이었다. 그만큼 만들기 귀찮으니까. 그러나 쉰다는 것은 귀찮은 일도 기꺼이 해낼 만큼 에너지가 모인다는 것.

우리는 김밥 재료 패키지 여러 개를 보며 저마다 가격이 다른 이유를 궁금해했다. 대개 구성이 비슷비슷했기 때문이다. 그러나 천 원 정도 더 비싼 김밥 세트에 '프리미엄'이라고 적힌 걸 발견하고는

"그래도 역시 프리미엄이지!"

를 외치며 그걸 집어 들었다.

"우엉이 들어서 좀 더 비싼가 봐."

"역시 프리미엄."

중간에 밥이 부족해서 다시 지어야 할 만큼

김밥을 많이 만들었다. 집 안이 김밥의 기운, 즉 참기름 냄새와 따뜻한 밥솥의 증기로 가득 차고 나서야 우리의 김밥 만들기는 끝났다. 집에서 갓 만든 김밥은 사 먹는 김밥과 뭔가 달랐다. 같은 이름이지만 아예 다른 종류의 음식처럼 느껴질 만큼.

"재료가 부실해서 아냐?"

"그것도 맞긴 한데…… 근데 또 맛이 없는 건 아니거든. 이게 손맛이라는 걸까?"

둘이 저녁 내내 집어 먹었는데도 불구하고 김밥이 너무 많이 남아서 그 뒤 며칠 동안 남은 김밥만 먹어야 했다. 좋아하는 음식이었음에도 나는 한동안 김밥을 사 먹지 않았다. 그래도 며칠 동안 집에서 빠지지 않던 참기름의 고소한 냄새는 좋았다.

민수는 식사를 마치면 꼭 간식을 먹는다. 소파에 길게 누워 과자를 집어 먹는 민수의 발치에 앉아 TV를 보다가 재미있는 장면이 나와 민수를 돌아보면 민수는 자신의 휴대폰을 들여다보고 있다. 문득 민수와 마주 보고 밥을 먹은 게 오래된 것 같다는 생각이 들 때면, 우리가 또다시 귀찮은 일을 해낼 만큼의 에너지가 쌓일 때는 언제일지 궁금해하곤 한다. 그때쯤 하게 될 귀찮은 일이 무엇일지도.

*

동생은 뜬금없이 음식 사진을 찍어 보낼 때가 많다. 오늘은 만둣국인 모양이었다.

— 봄에 웬 만두?

— 엄마가 최근에 옆 가게랑 화해했는데 그 집에서 만두를 줬대.

엄마는 10년 전, 옆 가게의 여주인과 머리채를 잡고 싸운 적이 있다.

*

 엄마는 10년 전, 등산로 초입에 스크린 골프장을 개업했다. 엄마가 스크린 골프장을 열기 전까지 나는 그런 게 있는 줄도 몰랐다. 가게를 오픈한 날, 나와 동생은 떡집에서 엄마가 미리 주문해둔 떡을 찾아서 들고 갔다. 산 근처라 그런지 동네 공기는 산뜻했지만, 건물 안으로 들어서자 새로 건축한 건물 특유의 시멘트 냄새가 났다. 3층짜리 건물의 3층이었고, 2층엔 노래방이 있었다. 엄마는 오전에 노래방 주인을 만났는데 사람이 좋아 보인다고 했다.

 스크린 골프장은 엄마가 운영했던 가게 중에 제일 밝고 깔끔했다. 어디 하나 꺼지지 않은 전구를 단 간판도 처음인 것 같았다. 그러고 보니 엄마의 가게 중 영어로 된 상호명을 가진 곳도 여기가 처음이었다. 엄마는 방이 다섯 개면 그리 많은 편은 아니라고 했다. 건물 전체가 아예 스크린 골프장인 곳도 있다고.

    나와 동생은 엄마가 주는 떡을 먹으며 골프채를 잡아 들었지만 몇 번 스윙하는 흉내만 내보고 곧 흥미를 잃었는데, 골프채로 공을 맞히는 게 생각보다 어려웠기 때문이다. 대신 우리는 손으로 공을 툭툭 던지며 어딘가에 실재한다는 골프장이 구현된 스크린을 구경했다. 저런 나무와 호수와 하늘이 실재하는데도 벽을 향해 공을 휘두르려고 오는 사람들이 있다는 사실이 잘 납득되지 않았다.

    엄마는 꼭 산 근처에 가게를 열어야 한다고 고집했다. 나는 아마 어디서 점을 보고 왔을 것이라 추측했다. 그러나 등산로 초입엔 스크린 골프장을 열기에 적합한 건물이 없었다. 천장의 높이와 소방시설 등 고려할 것이 생각보다 많았는데, 등산로 초입엔 막걸리집이나 카페, 기념품점 등이 입점할 것을 염두에 두고 지어진 건물들이 대다수였기 때문이다. 그러다 찾은 이 건물은 새로 지어져 깨끗했으며, 월세며 크기도 혼자 운영하기에 딱인 것처럼 보였다. 그리고 개업한 지 일주일도 되지 않았을 때 엄마는 깨달았다. 골프를 치는 사람들은 대체로 대중교통을 이용하지 않음을. 골프채는 보통 차 트렁크에 실려 있고 이 건물의 주차 공간은 넉넉하지 않다는 것을.

가게를 연 지 얼마 안 되었을 땐 오픈빨인지 만석이 되는 일이 잦았다. 각각의 방을 네 명씩 이용한다 치면 주차할 차만 스무 대에 가까웠다. 가게에 오는 손님들은 주차할 곳을 찾아 무한 유턴을 해야 했다.

주차난을 겪는 스크린 골프장과 달리 옆에 새로 생긴 카페는 상당히 큰 부지를 차지하고 있었다. 1층은 플랜테리어로 연출되어 있고 2층은 통 큰 테라스로 되어 있어 산이 한눈에 들어

왔다. 넓은 공터는 엄선된 것이 분명한 하얀 자갈들로 채워져 있어, 해가 들면 자갈밭에 반사된 빛이 카페를 비췄다. 엄마는 옆 건물을 지날 때마다 카페 주인이 그 넓은 공간을 그냥 놀린다며 아까워했다. 게다가 거기는 다 카페 주인의 땅이라 월세 낼 일도 없다는 것이다.

그러던 어느 날 카페 주인이 엄마를 찾아왔다. 엄마의 성격을 아는 나와 동생은 이 대목에서 마른침을 삼켰는데 의외로 엄마는 담담하게 말을 이어 나갔다. 카페 주인은 골프 치러 오는 사람들이 카페 공터에 하루 종일 주차를 해놓는 바람에 피해가 이만저만이 아니라는 말을 전했다. 그쯤 들었을 때 참지 못하고 내가 물었다.

"그때 머리채를 잡은 건 아니지?"

"아니지. 내가 잘못한 거잖아."

엄마가 순순히 잘못을 인정해서 우리 자매는 좀 놀랐다.

"오히려 나는 합리적인 제안을 했어. 그 넓은 공간을 놀리는 게 아까우니 내가 월마다 주차비를 내는 게 어떻겠느냐고. 손님들이 주차할 수 있게 말이야."

카페 주인은 동의했다고 한다. 동생과 나는 서로를 바라보며 말했다.

"좋은 결말 아닌가?"

"근데 그 여자가 몇 달도 안 돼서 주차비 필요 없으니까 아예 주차하지 말라잖아!"

우리 자매는 그 뒤로 커피가 마시고 싶어도 근처 유일한 카페에 갈 수 없어 엄마 가게에 비치된 믹스커피만 타 마셔야 했다. 그렇게 10년. 예고 없던 극적인 화해가 이루어졌고 덕분에 동생은 만둣국을 먹게 된 것이다. 동생의 알찬 저녁 식사와 10년 만의 평화를 응원하며, 나도 앞으로 엄마를 보러 갈 때마다 아메리카노를 마실 수 있게 되었음에 기뻐했다.

*

　나는 동생과의 대화에 영감을 얻어 민수에게 저녁으론 만둣국이 어떻겠느냐고 물었다. 민수는 어디에서 만두가 났냐며 만둣국 좋지, 라는 답을 보내왔는데, 어디서 만두를 얻어 온 게 아니라 배달을 시킬 거라고 했더니 태도가 변했다. 만둣국을 돈 내고 사 먹는다는 생각은 해본 적도 없다는 것이었다. 본가에 가면 냉장고에 쌓인 게 만두라며. 민수는 늘 이런 식이었다. 김치를 사 먹는 것도 아깝고 게장을 사 먹는 것도 아깝다고 했다.

　"다 고모가 보내 주시는걸, 뭐."

　민수가 요리에 소질이 없는 건 김치며 만두가 무한히 생겨나는 냉장고 때문인지도 모른다. 뭐든 다 쌓여 있다는 민수네 냉장고가 궁금했지만, 나는 그냥 그럼 보쌈을 시켜 먹는 건 괜찮겠냐고 물었다. 민수는 그건 괜찮다며,

― 곧 퇴근이야.

라는 메시지를 보내왔다. 솔직히 보쌈보다는 만두가 훨씬 만들어 먹기 어렵고 수고스러운 음식이라는 생각이었지만 고민하다간 야식을 먹는 시간이 더 밀릴 것 같아서 보쌈을 주문했고, 보쌈보다 민수가 먼저 도착했다. 민수는 익숙하게 백팩에서 소주 두 병을 꺼내어 냉장고에 넣었다. 배달 음식을 먹을 때 꼭 소주를 마시는 것은 우리만의 암묵적인 룰이었다. 그 탓에 요즘 우리는 거의 매일 술을 마시고 있었다. 민수가 씻는 동안 나는 TV를 틀고 함께 볼 만한 프로그램을 검색했다. 새로 방영하기 시작한 드라마와 한 시간 전에 뜬 유튜브 영상 사이에서 고민하는 동안 민수가 씻고 나왔고, 보쌈도 도착해서 뭘 봐야 할지 모르는 상태로 식사를 시작했다. 리모컨은 몇 번이나 우리 사이를 오갔고 결국 우리가 보기로 결정한 것은 요리사들이 제한

된 재료를 가지고 제한된 시간 안에 요리를 만드는 프로그램이었다. 그나마도 방송 분량을 압축한 짧은 버전이었지만 나는 만두 생각을 하느라 영상을 제대로 보지 못했다.

여름

여름이 오면 옥수수를 삶아 먹어야 한다.

TV 앞에 앉아 있는 민수에게 말했더니, 살면서 챙겨 먹어야 할 게 참 많기도 하다고 심드렁하게 대답했다. 그러곤 뭔가 곰곰이 생각하는 눈치다가,

"그래. 그런 재미로라도 살아야지."

했다. 그 말에 요즘 무슨 일이 있냐고 물어

볼까 싶었는데 민수가 모자를 쓰며 말했다.

"가자. 옥수수 사러."

"근데, 옥수수 나왔겠지?"

"당연하지. 이렇게 더운데."

마트 가는 길에 우리는 적당히 얕은 물이 흐르는 하천을 지났다. 하천을 따라가다 보면 전철역이 나오는데, 아주 오래된 역이다. 역 앞의 건물들도 모두 낡았다. 지금의 아파트에 살기로 결정한 이유에는 하천이 흐르고 오래된 역이 있는 이 동네가 큰 비중을 차지했다.

엄마가 처음 장사를 시작한 곳이 바로 이 역 근처였다. 엄마는 내가 다섯 살 때 작은 식당을 차렸다. 오후가 다 돼서야 열어 해가 뜰 무렵까지 운영하는 곳이었다. 식당은 큰 나이트클럽 옆에 위치해 있었다. 당시 이 동네엔 크고 작은 나이트클럽이 많았고 역으로 통하는 골목 안쪽은 모두 여관촌이었다.

초등학교에 다닐 무렵엔 아예 집으로 가지 않고 엄마의 식당으로 하교해 저녁나절까지 그곳에서 시간을 보냈다.

역을 바라보고 걷다가 나이트클럽이 있는 골목으로 들어서 쭉 걷다 보면 유리창 너머로 식당 내부가 보이기 시작했다. 한낮의 골목은 조용했지만 이따금 전철이 지나가는 소리가 크게 들렸다. 전철이 지나가는 동안에는 어쩐지 동네가 떨고 있는 것처럼 느껴졌다. 나는 그 떨림을 느껴보려 집중하다가 식당 문을 밀고 들어갔다.

식당 문을 열면 엄마는 보이지 않고 소리가 먼저 들렸다. 재료를 손질하는 소리, 싱크대에 틀어놓은 물소리가 들렸다. 나는 엄마에게 내가 왔다는 사실을 알리지 않고 늘 앉는 자리에 앉았다. 내 자리는 구석에 놓인 식탁이었다. 바깥과 가까운 자리여서 겨울엔 추웠고 여름엔 더웠다. 시트지로 붙여둔 메뉴 사이사이로는 바깥

풍경이 보였다. 하지만 골목은 언제나 알아채지 못한 사이에 어두워졌다. 어둑해진 골목은 햇빛이 한가롭게 내리쬐던 한낮과 달리, 오가는 사람들로 시끄러워졌다.

식당에서 나는 주로 소금 통을 파고 놀았다. 소금 통 뚜껑에 낀 소금을 이쑤시개로 쑤시다 보면 알 수 없는 평온함이 찾아왔다. 너무 몰두한 나머지 숙제하는 것을 잊기도 했다. 어쩌면 나는 날 때부터 무용한 일들에 마음을 더 빼앗기는 타입이었는지도 모르겠다.

그 뒤 동생을 낳아 기르는 5년을 제외하고 엄마가 장사를 쉰 적은 없다. 업종은 다양했다. 불륜 커플들이 자주 오가던 지하 카페부터, 카페의 단골이 된 불륜 커플들이 친구들을 데리고 왔던 7080 노래방까지. 그리고 스크린 골프장을 차린 10년 전은 불륜 커플들이 어느새 안정적인 삶에 진입해 불륜조차 지루해진 나날을 견뎌내기 위해 골프를 취미로 삼을 때였던 것이다.

언젠가 이 이야기를 들은 민수는,

"아니, 불륜 커플이 그렇게나 많아?"

라고 물었다. 나로서는 알 수 없었지만,

"우리 세 가족이 먹고살 만큼은 있는 것 같아."

라는 대답은 할 수 있었다.

요즘 역 앞은 유튜버들이 점령해 있다. 아이들은 무리를 이루고 춤을 추거나 틱톡 챌린지를 하거나 어쨌든 휴대폰으로 무언가를 찍고 있다. 하천을 따라 걷다 보면 세월 속에 곳곳이 닳아버린 역이 틀림없이 나오고, 그 골목은 여전한데다 사라진 건물도 없는데 그때와 비슷하다고 느껴지는 건 전철이 지나가는 소리뿐이다. 전철이 지나가는 소리는 아주 멀리서부터 다가와 모든 소리를 집어삼키고 다시 멀어진다.

엄마는 식당을 접은 뒤로 이 동네에 다신 오

지 않았다. 지긋지긋하다고 했다.

그렇지만 나는 이곳으로 돌아왔다. 돌아와서 흐르는 하천을 걷고, 역 이름을 써넣고 맛집을 검색하기도 한다. 그러면 숨어 있는 맛집에 관한 리뷰가 많이 나온다. 지상에 있는 가게들이 자주 없어지고 또 새로 생겨나는 걸 보았지만, 지하에는 여전히 예전의 몇몇 가게들이 영업 중인 것 같았다. 나는 누군가 엄마의 식당에 대해 써두진 않았을까 생각하며 스크롤을 내리다, 그 시절의 기억이라는 것은 어쩐지 나만의 것처럼 느껴져서 그만두고는 한다. 대신 그럴 때는 골목을 아주 천천히 돌아보는 산책을 한다. 전철이 지나가는 소리, 하천이 흐르는 소리에 귀를 기울이면서.

옥수수는 식품 코너 한가운데에 무덤처럼 쌓여 있었다. 나는 마치 보물을 골라내듯 정성스레 옥수수를 하나하나 살펴보았다. 수북이 쌓인 옥수수를 하나씩 들어 올릴 때마다 더미가 얕아졌고, 문득 어릴 때 할머니가 들려줬던 이야기가 떠올랐다. 그때부터는 애써 안쪽 깊은 곳까지는 보지 않으려 노력하며 아무거나 집어 들었다. 옥수수를 챙겨 담고 민수를 보니 민수는 장난감 코너에서 뭔가를 골똘히 들여다보고 있었다. 그러나 이내 아무것도 집어 들지 않고 내 곁으로 돌아왔다.

간 김에 필요했던 물건을 몇 가지 더 샀고, 그러고 나니 서로 양손에 든 짐이 한가득이었다. 우리는 땀을 뻘뻘 흘리며 집으로 돌아왔다.

장 본 것들을 냉장고에 넣어두고 간식으로 옥수수를 먼저 삶아 먹기로 했다. 나는 할머니에게 배운 대로 얇은 껍질을 남겨둔 옥수수를 물에 푹 담가 뉴슈가를 넣어 삶았다. 옆에서 일련의 과정을 지켜보던 민수는

"근데 옥수수가 원래 이렇게 샛노랬던가?

색소 넣은 건 아니겠지?"

의아해했다. 옥수수를 삶으니 온 집 안에 열기가 가득 차서, 민수와 나는 번갈아 물로 땀을 씻어내고 선풍기 앞에 앉았다. 선풍기를 오래 쐬고 있으니 바람이 이동할 때마다 살갗이 얼얼했다.

30분이 지나 드디어 옥수수를 건져내는데 뭔가 이상했다. 집게로 집어 드니 알갱이가 물컹하게 짓이겨졌다.

"너무 오래 삶았나?"

"원래 30분 정도는 삶는다며."

"우리 할머니는 그랬는데."

조금 식혀서 먹어보니 순식간에 침이 한가득 고일 정도로 달았다. 긍정적인 의미는 아니었고 민수도 한 입 먹더니 눈살을 찌푸리며 말했다.

"뉴슈가 너무 많이 넣은 거 아니야?"

"아니야. 티스푼으로 반도 안 넣었어."

"우리 집은 원래 그런 거 안 넣어. 조미료 안 쓰거든."

우리는 옥수수처럼 생겼으나 알고 있는 옥수수가 아닌 그것을 일단 먹긴 했다. 하지만 민수가 먹는 내내 옥수수에 대한 불평을 늘어놓아 나는 점점 기분이 안 좋아졌다.

같이 맛있게 먹고 싶어서 기껏 삶았더니. 옥수수 삶는 데 조미료를 안 쓴다고? 옥수수 삶는 걸 제대로 본 적도 없을 거면서.

나는 싱크대에 가득 쌓인 옥수수 껍질을 노려보았다. 평소에도 배달 음식을 먹지 않는 날엔 내가 요리를 하고 민수는 설거지를 한다. 어느 날 민수가 설거지를 하며,

"이 정도면 공평한 거 아니야?"

라고 묻길래 나는

"그런 것 같아."

라고 대답을 하긴 했지만, 요리와 설거지는 같은 장르로 엮을 수 없는 것 아닌가, 속으로 생각했다. 빨래와 설거지, 바닥 청소와 설거지, 이런 것은 비슷한 것 같기도 하지만. 어쨌든 우리는 많은 것을 다르게 구분하는 사람들이라는 사실을 요즘 부쩍 깨닫곤 한다.

간식으로 옥수수를 먹은 탓인지 어중간한 시간에 식사를 하게 됐다. 점심이라기엔 너무 늦고 저녁이라기엔 이른. 이대로면 또 야식을 먹게 될 것이다. 식탁에 찌개를 마지막으로 올리고 자리에 앉자 민수가 TV를 켰다.

"우리 오늘은 TV 안 켜고 밥 먹으면 안 돼?"
"왜? 뭐 할 거 있어?"
"아니. 그냥 서로 얘기하면서 먹어도 되잖아."
"그래, 그럼."

좋게 이야기했다고 생각했는데, 굳은 얼굴로 민수가 TV를 껐다. 거실은 순식간에 적막해졌다. 우리는 어색한 침묵 속에서 식사를 했다. 아무 얘기도 없이 식사를 마친 뒤엔 각자 먹은 것을 치웠다. 민수가 소파를 차지해서 나는 침실에 들어와 누웠다. 역시 거실과 침실을 나누길 잘했다는 생각을 하며. 밖에서 민수가 유튜브를 시청하는 소리가 평소보다 더 크게 들렸다. TV 보지 말라고 했다고 시위하는 것 같아 괜히 속이 상했다.

해도 지지 않았고 아직 하루의 반이 남았는데 이렇게 휴일을 보내다니. 민수가 출근을 안 하는 날은 일주일에 하루뿐인데……. 아까워서 민수에게 더 화가 났다. 나는 싸우고 나서 아직 화해를 하지 않은 부부들이 한 침대에서 자는지를 궁금해하다 애매한 시간에 낮잠을 자버렸다.

*

일어나니 방은 어두웠고, 거실엔 작은 램프

하나가 켜져 있었다. 민수는 소파에 누워서 아무 일도 없던 것처럼,

"산책 나갈래?"

물었고 나는 고개를 끄덕였다.

"오랜만에 멀리 가볼까?"

"멀리 어디로 가지?"

"글쎄. 안 가본 곳도 없네, 이 동네엔."

"그럼 가본 곳을 돌고 또 돌지, 뭐."

나는 슬리퍼를 신으려다 운동화에 발을 구겨 넣었다. 길 양옆으로 이제는 푸르러진 벚나무들이 하늘을 가리고 있어 동굴 속으로 들어가는 것 같았다. 벚나무 동굴을 빠져나오면 8차선 도로가 나타났다. 소음을 내는 차들은 잔상이 남을 정도로 빠르게 달렸다.

어릴 적 아주 긴 터널을 지난 적이 있었다. 너무 길어서 이 터널을 지나고 나면 다른 세상에 도착할 것만 같았다. 차가 빠르게 달릴수록

빛과 그림자가 교차되는 간격은 점점 짧아졌고, 시야는 어두워졌다 밝아졌다를 반복해서, 나중엔 내가 눈을 빠르게 깜빡이고 있는 건 아닐까 하는 착각마저 들었다. 그리고 마침내 그 터널을 빠져나왔을 때, 이전과 같은 풍경의 도로가 변함없이 펼쳐져 있음에 나는 실망했다.

걷다 보니 어릴 적 살던 집을 지나게 되었다.

"저기다."

나는 작게 아치형으로 난 창문을 가리켰다. 민수는 올려다보지도 않고 고개를 끄덕였다. 민수의 성의 없는 반응에 나는 괜히 더 크게 떠들었다.

"원래 여기에 텃밭이 있었거든. 이제 다 메웠네. 주차장으로 쓰나 봐. 엄마는 여기 살 때가 제일 싫었다는데 나는 좋았어. 저 창문이 마치 외국에 있는 집에 달린 것 같아서. 자다 깨서 저 창문을 열고 엄마가 돌아오길 기다리는 시간도.

엄마가 꼭 나를 보고 손을 흔들어 줬거든."

민수가 계속해서 휴대폰에 시선을 고정하고 있기에 입을 다물었다. 우리는 별말 없이 평소의 산책 코스를 몇 바퀴나 더 돌았다.

집으로 돌아오는 길에 '점포정리 파격세일'이라고 적힌 종이가 붙어 있는 걸 봤다. 글씨는 사인펜으로 대충 쓴 듯했다.

"어떤 점포를 정리한다는 거야?"

민수와 나는 두리번거리다 상가 뒤쪽에 있는 작은 문구점을 발견했다. 그렇게 많이 지나다닌 길인데도 장사를 접을 때에서야 이런 곳이 있다는 걸 알게 되다니. 문 앞에 서 있으려니 주인으로 보이는 할머니가 들어오라며 문을 열었다.

"이번 주말 지나면 끝이에요, 끝. 골라봐요."

어린 시절 보던 학용품들이 많았다. N극과 S극이 빨갛고 파랗게 칠해진 말굽자석과 리코더, 캐릭터 필통은 정말 오랜만에 보았다. 하지만 아무리 둘러봐도 살 게 없었다. 고개를 돌려 민수를 바라보니 벽에 걸린 줄넘기를 구경하고 있었다.

"김수열줄넘기?"

내 말에 할머니가 답했다.

"김수열줄넘기라고 유명한 브랜드예요. 요즘 애들 체육 수업 때 다 이거 사 가요."

줄넘기에도 브랜드가 있구나, 생각하며 나는 민수에게

"줄넘기 살까?"

물었고 민수는

"근데 우리가 같이 줄넘기할 수 있는 시간이 언젠가 다시 생길까?"

했다. 맞아. 아마 한동안은 힘들겠지. 나도 동의하며 문방구 구석으로 시선을 옮겼다. 반짝이는 종이들이 기다랗게 말려 꽂혀 있는 상자가 보였다. 가까이 다가가서 보니 포장지였다.

"포장지 정말 오랜만에 본다."

내 말에 옆으로 다가온 민수가 포장지를 하나 집어 들었다.

"정말이네. 어릴 땐 선물 포장 다 직접 했는데."

"나 진짜 포장 못했어. 손이 야무지질 않아서. 이제는 유튜브 같은 거에 팁도 많이 올라와 있겠지? 그거 보고 하면 잘할 수 있을까?"

민수는 그렇게 말하는 나를 잠시 보더니 조금 결연하게 말했다.

"사자."

"줄넘기도 안 샀는데 이걸 산다고?"

"오백 원인데 뭐 어때. 이젠 포장 잘할 수 있는지 확인해 볼 겸."

우리에게 신경을 쓰고 있었는지 할머니가 말했다.

"포장지는 그냥 줄 테니까 다른 거, 필요한

거 사요."

결국 우리는 김수열줄넘기 하나와 포장지를 들고 계산대 앞에 섰다.

"포장지 여러 개 가져가도 돼요."

거절을 해야 하나, 가져가는 게 예의이려나 고민하다가 나는 다른 색의 포장지 몇 개를 집어 들었다.

"원래 오늘 여는 날 아닌데, 손녀가 온다 그래서 잠깐 열어뒀거든요. 와서 가지고 싶은 거 골라 가라고."

"와. 손녀분 좋겠어요."

그때 네다섯 살쯤 되어 보이는 여자아이가 아이스크림을 들고 나타났다.

"할머니!"

"아이구, 이제 왔어? 여기 천천히 다 둘러보고 가지고 싶은 거 있으면 할머니 갖다줘."

우리는 할머니에게 꾸벅 인사를 하고 문방

구를 나왔다.

집에 오는 길에 포장지를 자세히 들여다보니 눈사람과 크리스마스 장식들이 프린트되어 있었다.

"와, 이렇게 더운데 웬 크리스마스야."

"그러게. 우리 엄청난 준비성이다."

그 말에 나는 웃고 말았고, 뭔가 마음이 풀리는 걸 느꼈다.

자기 전에는 등을 돌리고 휴대폰으로 옥수수 삶는 법을 보다가 새로운 사실을 알게 됐다. 초당옥수수와 찰옥수수는 전혀 다른 종류라는 것이다. 민수에게 말해주니

"그런데 우리는 왜 한 번도 초당옥수수를 먹은 적도 본 적도 없을까?"

물었고 나도 그걸 궁금해하며 잠들었다.

그리고 여름이 끝나갈 무렵, 민수는 집을 나갔다.

가을

민수는 부모님이 사는 집으로 돌아갔다. 어머니가 어깨를 못 쓰신다고, 당분간 집에 좀 붙어 있어야 할 것 같다면서. 민수가 떠나자 대단히 많지도 않은 민수의 물건들이 자꾸만 눈에 밟혔다. 동생과 엄마의 물건들이 있어 마음이 놓이던 본가에서와 달리, 민수의 물건을 볼 때마다 조금 쓸쓸하다는 기분이 들었다. 야식 시간이 사라진 것도 아쉬웠다. 민수에게 TV 끄고 밥 먹자고 했던 때가 무색하게도 나는 TV가 없이는 밥을 먹지 못하는 사람이 되었다.

그렇다고 뭐 하나를 꾸준히 챙겨 보는 것은 아니어서, 저녁 시간대의 일일 연속극을 아무렇게나 틀어두었다. 연속극에서는 모두 요란한 마음으로 살아갔다. 금방이라도 끓어오를 것 같은 마음들. 그래서 사람들은 다른 사람을 자주 미워했고 사랑했다. 가난하게 자란 여주인공이 실력을 인정받아 자신이 원하는 기업에 취직하는 장면을 보다가 나는 언젠가 민수와 나눴던 대화를 떠올렸다.

실업급여를 받으려고 이곳저곳에 이력서를 넣어보던 시기였다. 어차피 떨어질 거 질러라도 보자, 생각하며 나는 평소 같으면 상상도 하지 못했을 회사에 이력서를 보내봤다. 그리고 아주 운 좋게 그 회사의 사원이 된 나를 상상하며 며칠을 보냈다. 괜히 그 회사의 연봉을 검색해 보다가 문득 민수에게 물어봤다.

"민수야. 너는 앞으로 어떻게 살고 싶어?"

"어떻게? 꼭 살아야 되나?"

"뭔 말을 그렇게 해."

"……흠. 뭐, 꼭 선택할 수 있다면 아주 조금의 책임만 져도 되는 일을 하면서 살고 싶어."

"예를 들어?"

"음식을 나르는 정도의 책임. 음식을 만들고 누군가에게 즐거움을 줘야 한다는 압박을 견디긴 싫어. 혹은 편의점에 물건을 정리해두고 계산하는 정도의 책임. 매출에는 신경 쓰지 않고 말이지."

"지금 그렇게 살지 못하는 이유는 뭐야?"

"뭐긴. 당연히……."

민수가 하려던 말은 뭐였을까. 당연히 지금은 책임져야 하는 게 너무 많은 나이니까. 띄엄

띄엄 출근하는 친구 대신에 복사기를 고쳐야 하니까. 부모님의 생활비를 부담할 사람은 나밖에 없으니까. 그것도 아니라면,

어쩌면 내가 있어서.

민수가 본가로 돌아가고 나서 우리는 드문드문 연락을 나누다가, 아무 일도 없었는데 언제부턴가 아예 서로의 안부를 묻지 않게 되었다. 종종 마음이 요란한 하루에는 민수에게 연락을 하고 싶다가도 무언가를 망쳐버릴 것 같다는 생각에 그만두었다.

*

민수와는 반대로 엄마는 부쩍 연락을 자주 해왔다. 꼭 영상통화를 걸었는데 매번 같은 꼬마들과 함께였다. 그 애들은 쭈뼛대며 엄마에게 받은 과자들을 카메라 앞에 내밀어 보여주었다. 엄마는 애들이 너무 예쁘고 착하다며 연신 카메

라 방향을 옮겨 가며 아이들을 보여주었다.

"있지, 가끔은 너네가 너무 보고 싶어."

"지금보다 더 자주?"

"아니. 요만했을 때의 너희들. 꿈도 꿔. 꿈에서 너희들은 아직 아기일 때 그대로인데 깨보면 그 아기들이 없어."

그런 말을 남겨두고 엄마는 손님이 왔다며 전화를 끊었다. 엄마가 기억하는 나는 어떤 모습인 걸까. 언젠가 말했던 대로 소리가 나는 신발을 신고 엄마에게 안기려 한 걸음씩 다가가는 아기일까. 아침잠도 없이 퇴근하는 엄마를 기다리다 아치형 창문 밖으로 손을 마주 흔들던 꼬마일까. 문득 나와 엄마가 과거와는 완전히 다른 사람이 되었다는 걸 생각했다. 긴 터널을 지나는 동안 바깥의 풍경은 바뀌지 않지만 정작 나는 달라지고 있는 것 아닐까. 그러니까, 나라고 생각한 존재는 어쩌면 매 순간 사라지는 걸지도.

끊은 지 얼마 되지도 않았는데 엄마가 다시 전화를 걸어왔다. 이번엔 영상통화가 아니었다.

"할머니가 올해는 팔이며 허리가 아파 혼자서는 김장하기 힘들다고 하니 가서 좀 도와드려."

여기까지는 괜찮았는데 엄마가 덧붙였다.

"외가를 통틀어 회사고 가게고 아무 데도 안 가는 사람은 너네뿐이다."

별수 없이 동생과 내가 가야만 했고, 동생과 논의해 차를 렌트하기로 했다.

*

내가 성인이 되고 얼마 지나지 않았을 때 할머니가 잠깐 우리 집에서 지낸 적이 있었다. 암 진단을 받은 할머니가 항암 치료를 위해 서울로 올라와 지내야 했는데, 그러려면 아무래도 다른 이모네 집보다는 여자들만 사는 우리 집에 머무는 것이 편하지 않겠냐는 이야기가 오갔기 때문이다.

항암을 하는 동안 할머니는 기력 없이 누워 지냈다. 자주 토하고 먹는 걸 힘들어했다. 때로는 냄새만으로도 괴로워해서 할머니가 항암 치료를 받고 온 날엔 온 가족이 흰죽을 끓여 먹어야 했다. 집에 아픈 사람이 있다는 건 덩달아 무색무취의 나날을 보내야 한다는 의미란 걸 그때 알았다.

결국 항암 치료를 한 지 1년이 채 되지 않았을 때 할머니는 치료를 중단하겠다고 했다. 이렇게 사는 건 사는 것도 아니라며. 이모들은 반대했지만, 엄마는 할머니의 선언을 지지하며 힘을 보탰다. 한방 치료와 각종 민간요법을 거드는 방식으로.

그중 무엇이 효과가 있었는지는 몰라도 항암을 중단한 뒤 할머니의 상태는 점차 나아졌다.

할머니는 어느새 다슬기를 잡으라고 소쿠리를 쥐여주던 사람으로 돌아왔다. 낮엔 아파트 단지 뒷산을 오가며 도토리를 주워 와 묵을 쑤었고, 고사리를 한가득 캐 와서 삶아 무치기도 했다. 절기마다 해 먹어야 하는 메뉴도 어찌나 많은지, 저녁마다 밥상엔 제철 음식이 한가득 올라왔다. 할머니는 요리 중 귀찮거나 반복적인 일은 내게 시켰다. 도토리묵을 팔이 아플 때까지 젓고, 고사리를 건져 물에 담가두거나 하는 일은 내 몫이 되었다. 제일 힘든 것은 김장이었다.

할머니는 김치를 담그고 나면 시골집 근처에 있는 노인정 사람들부터 새로 어울리게 된 아파트 단지 노인들에게까지 다 나눠줬고, 그 때문에 배추를 정말 많이 샀다. 하지만 우리 집엔 이걸 한 번에 절일 만한 크기의 통이 없었기에 결국 배추는 늘 욕조에서 절여졌다. 김장하기 전날이면 비눗물이 욕조에 튀지 않도록 쪼그려 앉아 샤워를 해야 했다.

다 절여진 배추를 옮기는 것도 일이었다. 할머니는 어디서 났는지 다양한 색과 크기의 다라이들을 집에 들여놓았다.

할머니가 우리와 같이 산 그 시절 이후 다라이를 쓰는 사람은 없지만, 엄마와 동생이 사는 집 베란다에는 지금도 다라이가 겹겹이 쌓여 있다.

할머니는 계량 없이 김칫소를 만들고 중간중간 검지로 양념을 찍어가며 맛을 확인했다.

"맛 좀 봐라. 너무 싱겁지 않나."

그렇게 물으며 자신의 검지를 내 입으로 쑥 넣곤 했다. 하지만 도통 어느 정도가 적당한 맛인지 알 수가 없었다. 할머니는 설탕을 봉지째로 들어 다라이 안에 쏟고, 젓갈을 국자로 넣고, 그러면서 간을 맞춰갔다. 김칫소가 어느 정도 됐다 싶으면 배추 사이사이에 소를 넣었다. 그 작업을 할 때가 되면 내가 다시 투입됐다. 내가 소를 넣는 동안 할머니는 돼지고기를 삶았다. 된장을 풀고 양파와 마늘을 넣는 게 다였지만 잡내도 없고 부드러웠다.

나는 그 고기를 꺼내어 잠시 식혀두는 순간을 좋아했다. 가스불을 오래 켜둔 탓에 늦가을의 쌀쌀한 공기와 맞닿아 있는 창은 온통 뿌얬고, 집 안은 따뜻하고 습했다.

이모들에게 줄 김치를 김치통에 나눠 담고 나면 다 같이 모여 앉아 겉절이와 수육을 먹었다. 고기를 한 점 먹고 바로 냉장고에서 소주를 가져와 뚜껑을 따는 내게 할머니는 항상 한소리를 했다.

"저거 저래서야 누가 데려가겠나."

김장은 그걸로 끝이 아니었다. 할머니는 김장을 한 날엔 자기 전에 밀가루 반죽을 해 냉장고에 넣어두었다. 그리고 다음 날이 되면 작년에 담갔던, 이제는 묵은지가 된 김치를 모조리 꺼내 썰었다. 거기에 물기를 짠 두부와 간 고기, 갖은양념을 넣고 치대어 만두소를 만들었다. 점심을 먹고부터 만두를 빚기 시작하면 저녁이 되어서야 끝낼 수 있었다.

할머니가 빚은 만두는 어디서도 본 적 없는 세모꼴 모양이었는데, 할머니는 그게 함경도식이라고 했다.

"네가 하는 게 서울식인 거다."

그냥 어디서 본 대로 한 건데 나도 모르게 서울식 만두를 빚고 있었다. 몇백 개의 서울식과 함경도식 만두는 냉동실로 직행했다. 그러면 한동안은 만둣국에 겉절이가 매일의 메뉴였다.

계절은 가만히 있어도 바뀌겠지만, 김장을 하고 만두를 빚어 냉장고에 넣어두면 그제야 본격적으로 가을이 마무리되고 겨울이 시작하는 기분이었다. 번거로운 일이었지만, 싫지 않았다. 우리가 조금 더 맛있게 먹기 위해 이런저런 수

고를 감수하며 요리를 하듯.

할머니는 우리 집에 3년을 채 머물지 않았고, 검진상 암세포가 보이지 않는다는 의사의 말을 듣자마자 아직도 축사 옆에 화장실이 있는 시골집으로 돌아갔다. 화장실도 불편하니 앞으로는 여기서 지내라고 해도 할머니는 단호했다.

"이 동네 노인정에선 아무도 화투를 안 친다."

점 십짜리 화투를 치기 위해 귀향하는 할머니를 위해 나는 은행에 가서 이만 원을 십 원짜리로 바꿔 왔다. 할머니는 극구 사양했다.

"돈 없이 시작해도 내가 다 딴다."

십 원짜리가 된 이만 원은 아직도 비닐봉지에 담겨 본가의 책상 아래에 놓여 있다.

*

본가 주차장은 널널해 칸을 두 개씩이나 차지하며 서툰 주차를 해낼 수 있었다. 동생은 이미 내려와 빈 김치통을 옆에 쌓아두고 날 기다렸다. 우리는 뒷좌석에 그것들을 실었다가 은은한 김치 냄새 때문에 트렁크로 옮겼다.

시골집에 직접 운전해서 가는 것은 처음이었다. 내비게이션을 찍어보니 생각보다 오래 걸리지는 않았다. 휴게소에 들르거나 한다면 딱 두 시간 뒤에 도착할 것 같았다. 나는 동생에게 세 번째로 나오는 휴게소에서 간단하게 요기를 하자고 했다.

"왜 세 번째야?"

"첫 번째는 너무 빠르고, 두 번째는 애매하고, 세 번째쯤 되면 배도 고프고 화장실도 가고 싶어질 것 같아서."

오랜만의 운전이라 살짝 긴장하긴 했지만, 큰 도로로 진입하자 마음이 편해졌다. 그제야 동생에게 조금 마른 것 같다고 말을 건네니 동생은 요즘 친구 문제로 골머리를 썩고 있다고 했다. 친구 하나가 트위터 비공개 계정에 글을 올렸는데 거기에 동생의 이야기가 확실한 욕을 썼다는 것이다.

"그래서 어떻게 했어?"

"어떻게 할지 아직 고민이야. 알은척을 해야 할까?"

나였어도 어떻게 해야 할지 몰랐을 것 같다고 말해주었다. 알은척을 하는 순간 그 친구와는 잘 지낼 수 없을 것 같았다. 그렇다고 나를 욕한 친구와 그런 일을 묻어두면서까지 잘 지내기는 싫었다.

"이 두 가지 방법밖에는 없는 걸까?"

인간관계는 언제나 다양하게 어려웠으므로, 여러 방법을 논의하는 사이 두 개의 휴게소를 지나쳤다. 동생이

"이제 다음이다."

했고 우리는 서로 배가 고픈지 확인했다. 약

간 출출하다는 동생의 말에 결국 세 번째 휴게소에는 들르게 됐다. 휴게소에 들어서며 동생은 정말 오랜만에 휴게소에 와본다고, 메뉴가 많아서 놀랍다고 했다.

"언니, 프랜차이즈도 입점해 있어."

그러나 결국 우리가 시킨 것은 휴게소 푸드 코트의 우동과 주먹밥이었다. 다 먹고 나서 동생이 말했다.

"프랜차이즈 시킬걸."

휴게소에서 나오는데 고양이 한 마리가 우리 다리 사이를 비집고 들어왔다.

"너무 예쁘다. 데려가고 싶다."

나는 고양이의 머리를 쓰다듬었다. 사람 손을 많이 탄 고양인지, 가르릉대며 아예 드러누워 버리는 바람에 우리는 그 자리를 한동안 떠날 수가 없었다. 차에 올라타면서 동생이 물었다.

"오늘 자려고 누워서도 생각날까?"

"생각나겠지."

"두고 왔다고 후회하면 어쩌지?"

"하지만 마음이 움직인다고 다 데려갈 순 없지."

"맞아……. 언니, 호더라는 말 알아?"

"응."

동생은 엄마의 가게 건물에 있는 노래방 주인이 호더 같다는 이야기를 했다.

"그 동네의 고양이랑 개는 다 데려간대. 심지어 주인이 있어도 말이야."

"심각하네."

"심각하지."

그런 말을 하는 사이에 '안녕히 가세요'라는 표지판과 '어서 오세요'라는 표지판이 지나갔고, 우리는 모르는 새에 한 곳을 떠나 다른 한 곳으로 진입하고 있었다.

*

할머니는 늘 입는 진분홍 누비 조끼와 화려한 패턴의 바지를 입은 채로 우리를 맞이했다. 시골집 마당엔 이미 배추가 여러 바구니에 나뉘어 절여져 있었다.

"언제 안에 다 들여놔?"

"내일 다 같이 하면 된다. 오늘은 쉬어라."

우리는 편한 옷으로 갈아입고 사랑방에 누웠다.

"아직도 있나."

내가 장롱을 뒤지자 동생이 뭘 찾느냐고 물었다. 사랑방은 원래 외삼촌이 쓰던 방이었다. 어린 시절 내가 머무를 때도 잡다한 물건들이 많았다. 사진 앨범과 편지 같은 것들. 장롱 안에는 삼촌의 물건들이 여전히 남아 있었다. 야한 잡지 하나를 동생에게 건네자 동생이 진저리를 치며 내동댕이쳤다. 만화 잡지는 몇 개 남아 있지 않았다. 나는 김전일 시리즈가 연재되던 만화 잡지를 발견했다. 동생에게 보여주니 동생은 김전일을 모른다고 했다.

"코난은 알아?"

"코난은 알지."

"그런데 왜 김전일을 모르지?"

"김전일은 몰라."

우리는 베개를 겨드랑이에 끼고 엎드려 만화를 보았다. 연재분인 탓에 내용이 다 짧아서 아쉬웠다. 할머니가 아궁이에 불을 때는지 바닥이 절절 끓었다. 아직 이렇게까지 바닥을 데울 계절은 아닌 것 같은데, 생각하며 두꺼운 이불을 꺼내 바닥에 깔고 나니 좀 나았다. 나는 등을 지지며 동생에게 물었다.

"엄마랑 둘이 사는 거 괜찮아?"

동생은 엄마가 가게 때문에 아침 일찍 나가 밤늦게 들어오기 때문에 같이 살면서도 얼굴 보기가 힘들다고 했다. 동생은 이 말을 하며 단호한 표정으로, 그렇지만 얼굴을 안 본다고 싸우지 않는 건 또 아니라고 덧붙였다.

"한번은 집에 들어갔더니 바닥에 게들이 기어다니고 있는 거야."

나는 당연히 '개'를 생각했고 동생은 내 반응을 보더니 다시 한번 말했다.

"꽃게."

엄마는 웬일인지 동생이 좋아하는 간장게장을 담가주겠다고 약속했다. 그즈음 동생의 하루는 힘들었다. 매일같이 야근이었고, 사장은 누군가 인터넷에 올린 익명의 글, 익명이라고는 하지만 퇴사한 직원이 쓴 것이 분명한 글 때문에 예민해져 동생에게 눈치를 주었다. 나는 얘기를 듣다가 인터넷에 올라온 글들이 자꾸만 동생을 괴롭힌다고 생각하며, 대체 그 내용이 뭐였냐고 물었다.

— 야근 밥 먹듯이 함. 그런데 정작 식대는 안 줌.

사장은 회사에서 나이가 제일 어린 동생을 향해 누가 봐도 들으라는 것이 분명한 혼잣말을 중얼댔다.

"아니, 식대가 그렇게 중요하면 말을 하면 되지, 요즘 애들은 왜 굳이 글까지 올리는 거야?"

그래도 그다음부터 사장이 오천 원씩을 주긴 했는데, 주변 식당에는 오천 원짜리 메뉴가 없어서 동생은 늘 로또를 샀고, 변함없이 출근해야 한다는 사실을 매주 토요일 저녁마다 확인받았다. 좀 비껴가면 좋을, 그러나 늘 동생을 향해 다가오는 소소한 불행들 사이에서, 동생은 간장게장 먹기를 더욱 고대했다. 숙성되어 간간하게 배어 있을 살을 쪽쪽 빨아 먹는 상상을 하며. 집에 오자마자 렌즈를 빼고 아주 편한 옷으로 갈아입은 다음 머리를 질끈 동여매고 먹어야

지. 손에 묻는 줄도 모르고 먹어야지. 소소한 행복으로 소소한 불행을 상쇄해야지.

그러나 어느 날 퇴근하고 집에 돌아온 동생이 마주한 것은 간장게장이 아닌, 꽃게들이 거실을 기어다니는 광경이었다. 살아 있는 게를 무서워하는 동생은 발꿈치를 들고 겨우 방으로 들어가 엄마에게 전화를 걸었다. 엄마는 깔깔 웃더니,

"바빠서 뚜껑 닫는 것도 까먹고 그냥 나왔네!"

라고 답했다. 며칠 뒤 간장게장을 먹게 되었을 때 동생은 그다지 기쁘지 않았다고 한다. 그 얘기를 들으면서 그런데도 나가 살고 싶은 마음이 없냐고 물었더니, 동생은 그러고 싶은 마음은 굴뚝같다고 했다. 하지만 아직 때가 아니라며 언젠가의 엄마 생일이 기억나느냐고 물었다.

내가 자취를 시작한 지 얼마 안 되었던 때로 기억한다. 동생은 엄마가 은근히 생일상을 바라는 눈치라며 내게 본가로 오라고 했다. 요리를 제외한 나머지는 자신이 모두 맡겠다는 말을 덧붙이며. 오랜만에 본가에 가니 집이 참 넓어 보였다.

메뉴는 미역국과 불고기. 미역을 불리고 불고기를 재워두고 압력밥솥을 꺼냈다. 쌀을 씻고 있을 때 동생이 돌아와, 포장이 된 상자를 내밀었다. 엄마 선물이라고 했다. 내가 밥을 하는 동안 동생은 베란다에서 넓은 상을 꺼내 와 닦기 시작했다. 동생은 이 상을 꺼내는 것이 아주 오랜만이라며, 내가 없으니 큰 상을 꺼낼 일이 좀체 없다고, 어쩔 땐 부엌에 서서 밥을 먹을 때도 있다고 했다. 나도 그렇게 밥을 해 먹는 건 아주 오랜만이었다.

"밥 안 하면 언니는 뭐 먹고 지내?"

"다 배달해 먹어."

"어쩐지. 아예 굶는 것 같진 않았어."

"무슨 뜻이야?"

"보기 좋다는 뜻."

동생이 짓궂은 표정을 지어서 나는 근래 살이 붙은 배를 두드려 보였다. 아예 방에서 의자 하나를 주방까지 끌고 온 동생이 내게 물었다.

"근데 압력밥솥으로 밥 어떻게 하는 거야?"

"그냥 다 똑같은데, 추가 흔들릴 때 약불로 해두고 10분 기다렸다가 불 끄면 돼."

"추가 흔들리자마자?"

"아니지. 추가 최고로 요란할 때."

"최고로 요란하다는 건 어떻게 아는데?"

"그냥…… 감으로……?"

"흠. 어떻게 된 게 확실한 게 없구만."

"사는 게 그렇지, 뭐."

"그걸 모르고 지나가면 어쩌지?"

"그럼 안 되지. 밥솥 터진다."

최고로 요란한 순간이 지속되면 터져버린다. 그러니까, 최고의 순간이라는 것에도 아마 종류가 많겠지만, 그게 무엇이든 어느 선에 다다르면 더 이상 견디지 못한다. 터져버리는 것이다. 그러니 우리는 살아가는 내내 추가 흔들리는 신호를 잘 듣다가 최고의 순간에 머무르지 않도록 조절해야 하는 거 아닐까. 혹은 터져버리기 전에 일러주어야 하는 것 아닐까. 서로를 잘 지켜보면서. 그런 생각을 하며 동생을 바라보니 동생도 사뭇 진지한 얼굴로 슬슬 흔들릴 준비를 하는 추를 바라보고 있었다.

그날 엄마는 친구들과 생일을 기념해서 한잔하고 있다는 연락을 마지막으로 귀가하지 않았다. 하지만 동생도 나도 그 정도는 예상할 수 있는 나이가 되어서인지, 우리끼리 미역국과 불고기를 나눠 먹고 오랜만에 함께 TV를 보다 각자의 방으로 돌아갔다.

그러고 보니 나는 동생이 그때 엄마의 선물로 무엇을 샀는지 아직 모른다.

동생이 얘기를 마치더니 김전일을 덮고 등을 대고 누워 말했다.

"뭐든 상쇄돼. 기쁨이든 짜증이든. 엄마랑 살면 말이야."

동생의 중얼거림에 나는 다시 물었다.

"그런데도 아직 때가 안 됐다는 거야?"

"뭐, 덕분에 회사 관두고 뒤늦게 예술대 와서 공부도 해보고. 어쩌면 상쇄되어서 때가 느리게 오는 건지도 몰라. 좀체 요란해지지가 않아서."

*

할머니가 이른 아침부터 밥 먹으라며 사랑

방 문을 열었다. 밤새 장작불이 다 꺼졌는지 바닥이 차가웠다. 한기를 느끼며 안채로 건너가기 위해 밖으로 나섰다. 동생은 벌써 일어나 할머니를 도와 상을 차리고 있었다. 어디서 났는지 할머니가 스팸을 구워놔서 그게 좀 웃겼다.

"할머니, 스팸도 먹어?"

"그게 뭐냐."

"이 햄."

"옆집 진수네가 명절 선물이라고 줬는데 내 입맛엔 하나도 안 맞더라. 너네 가져가라."

우리는 식사를 한 뒤 마당에 있는 배추를 부엌으로 옮기기 시작했다. 부엌이 조금 기울어져 있어 잠깐 배추를 놓아두려 하면 싱크대 쪽으로 굴러갔다. 나는 내려놓고 동생은 굴러가는 배추를 잡길 여러 번, 우리가 배추를 옮기는 동안 김칫소를 다 만든 할머니는 이제 소를 넣어야 하니 둘러앉으라고 했다.

"올해는 배추에 바람이 많이 들었다."

내가 보기엔 똑같은 배추였다. 할머니는 배추에 소를 넣으며 말했다.

"오늘 아침에 산보를 갔는데 말이다."

"응."

"다리 밑에 있었어."

"뭐가?"

"성철이가."

"그게 누군데?"

"니들은 모르나. 옆옆집 손자. 어릴 때 너네랑도 같이 놀고 그랬다."

도무지 기억이 나지 않았다.

"근데 성철이가 다리 밑에서 뭐 하고 있었는데?"

"목매고 죽어 있더라."

동생과 나는 김칫소를 내팽개쳤다.

"그게 오늘 일이라고?"

"그럼. 내일 일이냐."

할머니가 태연하게 말해서 동생과 나는 서로를 바라보았다. 뒷이야기를 기다렸지만 할머니는

"다 하고 나면 만두 빚어야 한다."

하며 쉬지 않고 배추에 소를 넣을 뿐이었다.

*

허리도 펼 겸 동생과 잠시 산책을 나왔다. 한때 개울이었던 곳을 가리키며 내가 말했다.

"여기 원래 강이었대. 엄마 어릴 적엔 여기서 다이빙도 하고 놀았대."

자갈 사이엔 검은 물줄기가 흐르고 있었다. 이른 첫눈이 녹은 물인지 산에서 흐른 물인지 알 순 없었고 동생은 그걸 보며 중얼거렸다.

"강이 이렇게 될 수가 있어?"

"나 어릴 때는 무릎 정도 오는 개울이었어.

여기서 다슬기도 잡고 그랬어."

동생은 잠시 물줄기를 바라보더니 가지고 온 카메라를 꺼냈다. 나는 그런 동생을 두고 혼자 걸어 나갔다. 물줄기를 따라 쭉 걷다 보니 낡은 다리 하나가 나왔다. 어느새 뒤따라온 동생이 조용히,

"이 다린가?"

했고 나는,

"아무래도."

라고 대답했다.

그래도 우리는 그 다리를 건넜다. 혼자라면 건너지 못했을 것이다. 역시 누군가와 함께라는 건 더 많은 일을 할 수 있게 된다는 뜻이다, 라고 말하고 싶지만, 다리가 시작되는 지점에 발을 올리자마자 누가 먼저랄 것도 없이 소리를 지르며 서로를 팽개치고 뛰어갔다.

조금 더 올라가니 우거진 풀숲이 펼쳐졌다.

아주 오래전에 엄마와 본 적이 있는 풍경인 듯했다. 무릎쯤 올라오는 잎이 무성한 나무 덤불을 보며 엄마는,

"이게 다 산딸기나무거든."

하면서 풀을 헤치고 그 사이로 손을 넣다가 혼자 소스라치게 놀랐다. 덩달아 나도 깜짝 놀라 엉덩방아를 찧으니 엄마가 머쓱하게 웃었다.

"저쪽 줄기가 뱀인 줄 알았어. 뱀 무서워하거든."

어린 나는 엄마가 그렇게 놀라는 모습을 처음 봤다.

"엄마가 무서워하는 것도 있어?"

"그럼, 많지."

"또 뭐가 무서워?"

"엄마 어릴 때 동네 친구가 차에 치여 죽는 걸 봤거든. 그 순간 이상하게 친구 몸이 아주 납작해 보였어. 이마도, 코도, 입도, 다 한순간에 바스라

지는 거구나, 하고. 그 뒤로 한동안 꿈속에서 사는 기분이더라. 뭘 해도 현실 같지가 않고……."

엄마는 나를 일으켜 세우고 엉덩이를 툭툭 털어주며 말했다.

"그러다 갑자기 현실로 돌아온 기분이 들었는데, 세상이 너무 선명하게 보이면서 아주아주 무서웠어. 살아 있다는 게."

그때의 얘기를 하며 산딸기나무를 가리키는데 동생이 말했다.

"그 얘기, 전에 언니한테 들었어."

"그래?"

"응. 들을 때마다 질투 나. 언니만 그걸 기억해서. 나는 그때 왜 없었어?"

"너 태어나기 전 아닐까?"

"그런가?"

동생은 돌멩이를 툭툭 차며 먼저 앞으로 나서서 걷더니 뒤돌아서 말했다.

"엄마랑 옆 카페 주인이랑 어떻게 화해했는지 알아?"

"어떻게 화해했는데?"

"엄마가 그 집이랑 싸웠잖아. 근데 그 집 손주들이 너무 예쁘더래. 싸워서 예쁜 거 표현도 못 하고 있다가……."

"응."

"어느 날 손주 하나가 혼자 있는 걸 보고 몰래 구석에 데려가서 '너 정말 예쁘다. 아줌마는 저 옆집에 있어.' 하면서 과자며 사탕을 줬대."

"그래서?"

"그걸 들켰대. 그랬더니 자기 손주 예뻐해 줘서 고맙다고 갑자기 만두를 주더래."

"엄마가 영상통화 걸 때 맨날 같이 있는 애들이 걔네야?"

"맞아. 후후. 이 얘기는 언니보다 내가 먼저 알고 있었군."

산딸기가 있는지 나무 덤불을 헤집어 보았지만 찾지 못했다. 솔직히 그게 내 기억 속의 산딸기나무가 맞는지도 확신할 수 없었다.

*

만두까지 빚고 나자 저녁 먹을 시간이 지나 있었다. 할머니는 달걀을 푼 만둣국을 끓여주었다. 나는 망설이다 오랜만에 민수에게 만둣국 사진을 찍어 메시지를 보냈다. 몇 달 만의 연락이었고, 사진 하나만 보내기가 뭐해서 드디어 만둣국을 먹네, 했더니 예상외로 민수에게선 빠른 답이 왔다.

— 사 먹었어?

나는 할머니와 함께 빚은 만두라고, 아직도 만둣국을 사 먹는 게 아까우냐고 물었다. 만둣국을 다 먹고 평상에 앉아 미약하게 퍼지는 입김을 보며 휴대폰을 한참 만지작거리는데 동생이 옆에 와서 앉았다. 어디선가 작게 물 흐르는 소리가 들렸다. 그게 한때 개울이었던 물줄기의 소리인지 하수구 소리인지 알 수 없어서 나는 잠시간 가만히 귀 기울여야 했다. 민수에게서 별다른 답은 돌아오지 않았다. 손끝이 빨개질 때까지 앉아 있다가 나는 어쩐지 아직 집으로 돌아갈 때가 아니라는 생각을 했다.

다음 날 동생을 터미널에 내려줬다. 동생이 대체 여기서 뭘 할 거냐고 물었지만 딱히 이유가 있는 것도 아니어서 어제 본 게 산딸기나무가 맞는지 궁금하다고 말했다. 산딸기 열매가 맺히는 것도 보고 싶다고.

"그게 며칠 사이에 열릴까?"

동생은 그 말을 남기고는 시외버스를 타고 가버렸다. 할머니는 내가 남는다고 하자 내심 귀찮아하는 기색이었다.

"나는 경로당에서 아침 점심을 다 먹는다."

"나 어차피 아침 안 먹어. 안 차려줘도 돼."

"아침을 안 먹으면 쓰나. 그럼 같이 경로당에 가자."

"됐다니까."

"내일 6시에 깨운다."

할머니는 그 말을 끝으로 고스톱을 치러 가겠다고 했고, 나는 할머니 대신 동네에 김치를 배달하기로 했다.

옆집 진수네 집에 배달을 갔는데 진수네 아줌마는 없고 웬 할머니가 나와서 김치를 받았다. 나를 뭐라고 소개해야 하나 싶어서 할아버지, 할머니 그리고 엄마의 이름을 대며 옆집 손녀라고 했더니 갑자기 내 손을 덥석 잡았다.

"벌써 이렇게 컸나."

진수네 아줌마는, 그러니까 내 기억 속에선 아줌마였는데 어느새 할머니가 되어버린 그녀는 내게 스팸 몇 개와 약과를 챙겨주었다.

"안 주셔도 돼요. 할머니 집에 햄 많아요."

"그럼 서울 갈 때 가져가."

더 거절하는 것도 예의가 아닌 것 같아 꾸벅 인사를 하고 건네받았다. 뒤돌아 나오려는데 빈 축사가 보였다. 문득 진수네 집에 소가 있던 게 기억나 아줌마에게 물었더니,

"에이, 우리 남편 죽은 지가 언젠데. 혼자선 못 키우지."

했다. 몇 군데에 김치를 더 돌리다 담이 높은 집에 도착했다. 대문에는 한자로 '상중'이라고 적힌 종이가 붙어 있었다. 사실 한자를 한 번에 못 알아봐서 검색해 봤다. 이 정도 한자도 모르고 산다는 게 부끄러우면서도, 모르는 채로도 그럭저럭 잘 살아왔다는 사실이 내심 좋기도 했다. 나의 비밀을 가장 많이 알고 있는 사람은 언제나 나다.

담장 아래 있는 벽돌을 딛고 올라가 담 너

머를 슬쩍 보니 아무도 없는 것처럼 조용하기에 대문 앞에 얼른 김치 통을 내려두고 걸음을 옮겼다. 저 멀리 다리가 보였는데 오늘은 도저히 건널 수 없을 것 같았다. 몇 발자국 더 걸어가다가 왠지 으스스한 기운에 사로잡혀 나는 굳이 멀리 돌아가는 길을 골라 할머니 집으로 달렸다.

할머니 방에 누워서 TV를 켜둔 채 휴대폰을 만지작거리고 있는데 할머니가 돌아왔다. 낮에 들고 간 동전 주머니가 안 보이기에,

"오늘은 못 땄나 보네." 하니

"딴 건 다 놓고 온다. 내일 또 놀아야 하니까."

라고 답했다. 할머니는 씻지도 않고 이불을 펴고 눕더니 리모컨을 뺏어 갔다. 그러곤 익숙한 듯 채널을 돌렸다. 곧 시작하는 드라마를 보려는 것 같았다. 같이 드라마나 볼까 해서 앉아 있는데,

"안 자냐?" 해서

"간다, 가." 하고 사랑방으로 넘어왔다.

어제 본 김전일을 또 보면서 이 사건의 범인이 누구였는지 떠올려 보았다. 여자의 시체가 여러 구로 토막 난 이 사건은 어렸을 때도 몇 번이나 다시 본 화였다. 그런데도 범인이 생각나지 않아 불법 사이트에서 결말 부분만 볼까 하다가 그만두었다. 어쩐지 죄책감이 들어서였다. 스스로에게 너무 많은 비밀을 안겨주는 것도 고단한 일이니까.

대신 삼촌의 장롱에서 앨범을 꺼냈다. 거기엔 삼촌의 고등학교 시절 사진들이 있었다. 삼촌도 이렇게 어릴 때가 있었다. 삼촌은 원래 동네에서 꽤 노는 편이었는데, 갑자기 공부를 해 기관사가 되었다. 그러나 하루 동안 사람을, 자살하려는 사람을 세 명이나 쳐버렸다. 그전엔 허세도 꽤 부리던 사람이었는데 그날 이후로 점

점 말이 없어졌다. 지금은 읍내 근처에 오피스텔을 얻어 혼자 살고 있다고 들었다. 명절 때조차 전혀 얼굴을 비치지 않아서, 소식이라곤 그거 하나 전해 들은 것이 다였다. 할머니는 삼촌의 안부가 궁금할 때면 종종 "살아 있으면 된 거다." 혼잣말을 하곤 한다.

다음 날엔 할머니가 깨우는 바람에 정말로 경로당에 가서 아침을 먹었다. 할머니들은 각자 집에서 반찬을 싸 오거나 누군가가 큰 솥에 끓여 온 국을 나눠 먹는 듯했다. 반찬과 국은 다 짰지만 너무 적게 먹는 것 아니냐는 타박을 듣고는 싹싹 비웠다. 설거지를 내가 하겠다고 하자마자 할머니들은 바로 판을 깔았다. 식사를 할 때만 해도 다들 나른해 보였는데 패를 돌리니 수다스러워졌다.

"동도 트기 전에 내가 성철이 엄마 봤잖아.

다리 앞에 쪼그리고 앉아 있더라고. 이렇게 어두운데 뭘 보느냐고 물어봤더니 아들 찾는대. 근데 왜 거기서 가만히 앉아 있냐니까 저기 있어, 하는 거야."

할머니는 예의 심상한 말투로 그 얘길 전했다. 그래서인지 이미 알고 있는 그 이야기가 더 기이하게 들렸다. 등이 서늘해 몇 번이고 뒤를 돌아보면서도 대수롭지 않은 척 설거지를 마쳤다.

밖에 나와서는 동생과 산책할 때 본 나무와 닮은 덤불을 보았다. 가까이 가보니 역시 열매 비슷한 것도 없었다. 나는 동생과 민수, 누구에게 메시지를 보낼까 고민하다가 결국 또 민수를 선택했다.

— 산딸기가 안 열린다.

그렇게 보내자 민수에게서 전화가 왔다. 조금 텀을 두고 나는 수신 버튼을 눌렀다. 오랜만에 듣는 민수의 목소리였다.

"바보냐. 산딸기는 여름에 열려."

"뭐라고? 눈 덮인 곳에서 산딸기 따는 이미지, 왠지 선명하지 않아?"

"구하기 힘드니까 그런 이미지를 썼겠지."

"그럼 구하기 힘든 정도가 아니잖아. 아예 없는 거 아냐?"

"구전설화 같은 데에 많이 나오는 이야기지. 한겨울에 산딸기가 먹고 싶다고 하는, 병상에 누운 아버지."

"애야, 산딸기를 먹으면 병이 나을 것 같구나, 뭐 그런 거?"

"그런 거지."

민수는 다시 한번 바보라고 하더니 들어가 봐야 한다며 전화를 끊었다. 나는 바로 동생에게도 이 사실을 알렸다. 동생에게서도 바보라는 답이 왔다.

산딸기가 여름에 열린다는 사실을 알고 나

자 더더욱, 왜 이곳에 남았는지 도무지 알 수 없는 상태가 되었다. 그러나 어차피 나는 늘 왜 남겨졌는지 모르는 사람이었다.

낮잠을 실컷 자고 일어나니 어둑해져 있었다. 안채에 불이 켜져 있길래 방으로 건너가 보니 할머니가 TV를 틀어놓고 있었다. 곧 방송할 드라마를 기다리는 듯했다. 할머니는 남에게 맛깔나게 이야기를 들려주던 때와 달리 이젠 남이 만들어놓은 이야기에 빠져 산다. 챙겨 보는 드라마만 열 개가 넘는다. 할머니는 곧 한 드라마의 마지막 화가 방영된다며 한쪽 무릎을 세우고 앉아 사과를 깎았다. 그러더니 문득 생각난 듯 말했다.

"옛날에 광에 있던 사과 한 포대를 네가 다 깎아놨다."

"그랬어? 나 사과 그렇게 안 좋아하는데."

"먹지도 않을 걸 순전히 제 재미에 다 깎아 놓은 거지. 집에 와보니 사과는 다 거멓게 말라 있지, 사과 껍질은 굴러다니지⋯⋯ 어쨌든 성질이 나서 내가 너희 엄마한테 전화했지."

"뭐라고?"

"애새끼 맡아줬더니 저지레만 한다고."

"그랬더니 엄마가 뭐래?"

"한참 말이 없더니 그냥 끊더라고. 끊고도 한참을 욕했다."

나는 먹지도 않을 사과를 다 깎고 있는 아이를 떠올려 보았다. 어쩐지 식당에서 소금 통을 파 올리던 아이와도 비슷했다. 시간이 너무 많은, 그래서 무용한 일에 골몰하는 아이. 사과를 하나 주워 먹는데 할머니가 끝낸 줄 알았던 말을 이었다.

"그땐 내가 힘들어서. 내 딸이 우는 줄도 모르고."

그러자 그 아이를 두고 홀로 돌아가는 여자의 뒷모습도 어쩔 수 없이 떠오르고야 말았다.

할머니가 보려는 드라마는 나도 몇 번 본 적이 있었다. 마지막 화에서 드라마 속 가족은 무사히 30년 뒤의 미래로 도달했다. 배우들은 새치 가발을 쓰거나 얼굴에 주름살을 그려 넣은 채로 늘 모이던 거실에 앉아 있었다. 그 거실에선 한 부부가 이혼을 했다가 재결합했고, 한 부부가 오랜 난임 끝에 임신에 성공했다는 소식을 가족에게 공표했으며, 한 커플이 결혼을 선언한 적이 있다. 카메라를 등지지 않도록 짜여진 위치에 배우들이 구겨 앉아 있었다. 그들은 자신들의 가문이 건재함을 축하하며 차려진 밥을 먹었다. 밥은 누가 차렸을까. 아마 스태프들일 것이다. 사과는 푸석했다. 영 맛있는 사과는 아닌 모양이었다. 그러고 보니, 사과는 언제 열리는 거지.

할머니는 드라마의 마지막 화에 만족한 듯했다. 그러더니 오늘도 씻지 않고 이불 속으로 쏙 들어가 돌아눕고는 말했다.

"너 집에 안 가냐."

"갈 거야. 근데 내일 갈 거야."

내일 갈 계획 따윈 없었지만 할머니의 물음에 불쑥 대답하고 나니 정말로 내일 올라갈 수 있을 것 같았다. 계획이란 언제나 수정 가능하고 또 불쑥 생겨나기도 하는 법이다.

"냉동실에 만두 있다. 김치냉장고 맨 아래 칸에 너네 집 김치도 있고. 너 총각김치 좋아한대서 많이 넣었다. 까먹지 말고 가져가."

먹다 만 사과를 싱크대에 버리고 사랑방으로 넘어갔다. 오늘도 할머니가 방에 불을 좀 때 놓은 모양이었다. 방 안의 열기를 식히려, 나는 사랑방 문을 활짝 열었다.

겨울

크리스마스 한 달 전, 작년에 산 트리가 보이지 않아서 식탁에 올려둘 수 있는 작은 사이즈의 트리를 새로 샀다. 오너먼트들도 트리와 함께 어디에 잘 두었다고 생각했는데 찾을 수가 없었다. 할 수 없이 다이소에 트리 장식을 사러 갔다가 산타 모자를 발견해서 두 개를 샀다. 민수와 크리스마스를 함께 보내기로 했기 때문이다. 우리는 산딸기를 두고 통화를 한 뒤로 자주는 아니더라도 가끔 연락을 나누게 되었다. 민수를 보는 것은 네 달 만이었다.

크리스마스를 낀 이번 연휴는 좀 긴 편이고, 조금쯤은 귀찮은 일을 시도해볼 수 있지 않을까, 해서 민수에게 무언가를 만들어 먹는 게 어떠냐고 제안했다.

"근데 크리스마스엔 뭘 해 먹어야 되지?"
"음. 아무래도 명절이잖아?"
"그런 셈이긴 하지."
"뭐, 모둠 전에 잡채 같은 거나 해 먹을까?"
"그래."

민수는 흔쾌히 좋다고 하며 예전에 우리가 함께 김밥을 말아 먹던 얘기를 했다. 나는 맞장구를 치며 그 시절에 먹던 오이가 살면서 먹은 오이 중 제일 맛있는 것 같다고, 이제 어떤 오이를 먹어도 그 맛이 안 난다고 답했다.

"그때 좋았지."

"맞아. 그때 좋았어."

"봄에 너네 아파트 단지 참 예쁜데."

"맞아. 봄에 멀리 가지 말고 여기로 벚꽃놀이 와."

그 말을 하면서 아무 계획 없이 산책을 나가던 우리를 떠올렸다. 그 시절, 꼭 어떤 풍경을 언제 보자고 계획하지 않고도 우리는 많은 풍경들을 함께 지켜보았다.

나 외의 누군가가 이 집의 도어록을 누르고 들어오는 건 정말 오랜만이었다. 민수의 양 볼은 빨갛게 터 있었다. 민수는 늘 여름보다 겨울에 활동하는 것을 좋아했으니, 아마 이리저리 많이 쏘다녔을 것이다. 민수의 머리가 그새 많이 길어 있어서, 민수가 몰고 들어온 찬기만큼이나 낯설게 느껴졌다. 민수가 들고 온 와인 병을 내 얼굴에 들이대며 흔들기에 나는 얼른 와인을 건네받았다.

"오느라 고생했어."

"오늘 별로 춥지도 않고, 생각보다 차도 안 막히던데?"

그렇게 말하며 민수는 트리 앞으로 다가갔다.

"근데 트리가 너무 작다."

"저번 건 너무 컸어. 우리한테는 이 정도면 됐지, 뭐."

나는 나도 모르게 우리라고 말했다는 사실을 깨닫고 흠칫 놀라 민수를 바라봤으나 민수의 시선은 테이블에 고정되어 있었다. 테이블엔 각종 재료를 잘게 다진 반죽과 풀어놓은 달걀, 씻어놓은 깻잎 등이 올려져 있었다. 나는 방에 들어가 다이소에서 사 온 산타 모자를 꺼내 민수에게 건넸다.

"엄청 열심히 준비했네."

"응. 기분 한번 내기 힘들다."

머리가 큰 편인 민수에게 모자는 너무 작았다. 민수는 이럴 줄 알았다며 자기가 군대에서 제일 큰 사이즈의 모자를 썼다는 걸 강조했다.

"늘 말했듯 난 기성품으로 담을 수 없는 사람이야."

"알지, 알지."

나는 민수의 말을 대충 넘기고는 바닥에 신문지를 깔며

"요즘 신문 구하기도 정말 힘들더라. 재료 손질보다 신문 구하는 게 더 힘들었어."

했고 민수는 고개를 숙여 신문을 몇 장 넘겨 보았다. 그러더니 한 페이지를 펼쳐 내게 보여주며 말했다.

"희한한 광고도 참 많다."

민수가 펼친 페이지엔 기능성 워킹화와 삼

계탕집 광고가 실려 있었다. 우리는 어깨를 붙이고 신문을 넘기며 그나마 마음이 끌리는 광고를 하나씩 골라보기로 했다. 나는 실제 향을 피워보면 황홀경에 이른다는 문구가 마음에 들어 백제의 유물을 재현했다는 향로를 골랐고, 민수는 '회피형 인간이어도 괜찮아'라는 제목의 책을 골랐다.

동그랑땡과 깻잎전, 동태전과 분홍 소시지 정도만 하기로 했는데, 막상 하다 보니 정도'만'이 아니었다. 기름이 사방에 튀어 우리는 번갈아 가며 소리를 질렀고, 손은 끈적이는 데다 얼굴은 열기로 너무 뜨거웠다. 게다가 비좁은 주방에서 누구 하나 움직이는 것도 일이었다. 그래도 어찌저찌 전은 다 만들었는데, 잡채는 도저히 할 생각이 들지 않았다.

"잡채는 패스?"

"당연. 다 먹지도 못해."

"와. 다신 만들지 말자. 모둠 전은 꼭 시켜 먹자."

그런 얘기를 나누며 나는 민수가 가져온 와인을 꺼냈다.

"근데 갑자기 웬 와인?"

"크리스마스니까."

"메뉴가 모둠 전이라는 걸 잊은 건 아니지?"

"뭐, 나름 잘 어울릴 거 같기도 했어."

우리는 늘 앉던 그 자리에 앉아 TV를 틀어두고 와인을 열었다. 집에 와인 잔이 없어 내가 유리로 된 주스 잔을 꺼내 오는 걸 보고 민수가 말했다.

"그러고 보니 이 집에서 와인을 한 번도 안 먹었나?"

"응. 어쩌다 보니 처음이네."

모둠 전은 예상대로 와인과 안 어울렸다. 그

리고 안 어울리는 걸 떠나서 각각 색다르게 맛이 없었다. 깻잎전은 단단하지 않아 부스러졌고, 동태전은 너무 짰다. 동그랑땡은 속이 덜 익었는데 그걸 다시 익힐 힘은 없었다.

"나중에 내가 알아서 데워 먹을게."

그런데 우리가 간을 못했거나 반죽 배합이 이상했을 수는 있다 쳐도 분홍 소시지까지 맛이 없을 줄은 정말 몰랐다.

"왜 이러지?"

내 말에 민수가 답했다.

"분홍 소시지는 한번 식어야 맛있더라고. 뜨거울 때 바로 먹으면 너무 질척해."

결국 우리는 가장 무난한 배달 음식인 치킨을 시키기로 했다. 작년 크리스마스에는 뭘 했더라. 특별히 뭘 한 기억은 없었다. 아마 평소와 다름없는 하루를 보냈을 거다. 익숙한 골목을 돌고 또 돌며 오래 산책을 하고 돌아와 저녁 메뉴를 고르고 TV를 보다 함께 누워 잠이 드는. 어쩌면 특별한 날이 생긴다는 것은 평소의 하루가 조금씩 쓸쓸해지고 있다는 뜻일지도 모르겠다.

*

연말에 동생은 교수에게 몇 번이나 반려당했던 작품을 드디어 졸업 전시에 걸 수 있게 되었다며 기뻐했다. 그동안의 사정을 아는 나도 덩달아 기분이 좋았다. 동생의 졸업 작품 테마는 '나'라고 했다.

"겨우 통과했어. 마지막엔 졸업 못 할까 봐 불쌍해서 통과시켜 준 거 같애."

"뭐가 별로였대?"

"처음에 가족 얘기를 할 거라고 했더니, 좀 더 특별한 가족이나 개인을 조명하라고 했어. 엄마가 레즈비언이거나 아빠가 셋인 특별한 가족이 아닌 이상 이제 가족 얘기는 더 이상 메리

트가 없다고."

"그럼 평범한 가정에서 자란 사람들은 어떡해?"

"그런 사람들은 아예 사회적인 목소리를 내라는 거지."

그러더니 동생은 어느 날 졸업 작품 때문에 내 사진을 찍어야 한다며 찾아왔다.

"네 사진만 찍으면 되는 거 아니었어?"

"아니야. 엄마도 찍어야 되고, 찍을 게 많아."

"우리 가족 다 평범한데 어쩌냐."

"괜찮아."

동생의 전시 첫날, 일찍부터 집을 나섰다. 집을 나서며 나는 동생에게 무슨 선물을 사줄지 내내 고민했지만, 시내를 몇 바퀴 돌고 나서도 결정하지 못해 결국 평범하게 꽃을 사기로 했다. 꽃집을 본 지 오래된 것 같아 검색해 보니 근처에 무인 꽃집이 있었다. 부쩍 무인 매장이 늘어나네, 생각하다 예전에 육교를 건너며 민수와 나눈 대화가 떠올랐다. 문득 육교가 흔들리는 느낌이 들어 내가 민수를 붙잡았을 때였다.

"무서워?"

"갑자기 무섭네. 어떻게 이게 안 무너질 거라고 믿고 건너지?"

"다 세계적인 석학들이 연구한 결과야."

"난 그 연구를 이해 못 했잖아."

"그러니 믿는 수밖에."

믿는 수밖에……. 그 말이 오래도록 생각났다. 도시를 걸을 땐 믿음이 필요하다. 내가 밟고 있는 것 아래에 무엇이 있는지 의심하지 않아야 한다. 나와 타인이 다르지 않음을 믿어야 한다. 다른 사람들도 나처럼 종종 작은 불행을 겪으며 작은 실수를 저지르고 사소한 것을 위반하는, 평범하게 못된 마음을 지닌 사람들이라고.

물론 무인 매장이 늘어나는 것이 서로에 대한 믿음 때문은 아닐 테지만.

전시장에 도착하니 동생은 저 멀리에서 사람들과 모여 이야기를 나누고 있었다. 굳이 알은체를 하지 않고 천천히 둘러보다가 만국기처럼 빼곡한 간격으로 걸린 사진들을 발견했다. 거기엔 동생과 나와 엄마의 얼굴이 있었다. 동생의 작품이었다. 사진은 얇은 천에 프린트되어 뒤쪽이 다 비쳐 보였다. 사진들 밑에는 커다랗고 얇은 책이 한 권 놓여 있었다. 나는 책을 펼쳐 보았다.

팔림프세스트palimpsest. 양피지에 적혀 있던 기존의 글을 지우고 그 위에 새로 글을 쓴 고대의 문서를 말한다. 오늘날 우리는 남아 있는 흔적으로 원래의 글을 파악하기도 한다.

이미지는 여기에서 시작한다. 매 순간 지워지고 달라지는 나라는 존재. 하지만 그 존재들에게는 모두 꾹꾹 눌러쓴 글씨를 지웠을 때처럼 어렴풋한 타인의 흔적들이 남아 있다. 우린 계속해서 덧쓰이고 있다.

팔림프세스트에 관한 짤막한 글이 써 있는 첫 장을 넘기자, 천에 프린트되어 걸린 것보다 훨씬 많은 사진들이 실려 있었다. 걸지도 않을 사진을 이렇게나 많이 찍었나 하는 생각을 하며 나는 책 속에 있는 내 사진을 바라보았다. 얼마 전 찍었던 내 모습 뒤쪽으로 희미하게 삑삑이 신발을 신은 어린 시절 내가 보였다. 더 들여다보니 내가 살고 있는 복도식 아파트와, 욕조에 배추를 절이던 본가와, 아치형 창문이 있는 집과, 시골집이 겹쳐 보였다. 동생은 그렇게 매 페이지마다 십수 장의 사진을 겹쳐 놓았다. 엄마의 결혼사진과 할머니의 증명사진, 엄마의 어린 시절, 시골집 옆 물줄기, 텅 빈 우사, 우리가 산딸기나무라 여겼던 덤불…… 그리고 민수도 있었다. 나는 고개를 들어 동생의 작품을 다시 바라보았다. 동생의 얼굴을 찍은 사진이 정면으로 보이는 위치에 옮겨 서니 걸어둔 모든 사진이 동생의 얼굴 뒤로 비쳤다. 동생의 얼굴 안에는 내 얼굴도 있었다. 내 얼굴에도 여러 무늬와 모양이 바뀌가며 생겨났다.

동생은 여전히 사람들과 함께 서 있었다. 나는 동생의 방명록에 이름을 남기고, 작품 밑에 꽃다발을 둔 채 인사는 하지 않고 집에 돌아왔다. 돌아오는 길에 본 겨울의 나무는 하늘을 적나라하게 드러내고 있었다. 이곳이 아닌 어딘가로 빠져나가게 될 것 같은 터널을 이루던 나무의 모습은 불과 몇 달 만에 사라졌다. 변하지 않는 풍경이 계속될 것을 머릿속으로는 잘 알면서도 막상 터널에 들어서는 순간, 터널을 빠져나오며 마주하게 될 낯선 풍경을 기대하는 마음에 대해 생각해 보았다. 새로운 풍경에 대한 기대가 사라진 지금, 나는 이곳이 아닌 다른 곳은 상상도 하지 못한다. 하지만 지금의 내가 아닌 나에 대해서라면, 어렴풋이 상상할 수 있을 것 같은 기분이었다.

*

크리스마스에 나는 민수를 1층까지 배웅했다.

"뭘 나와, 또. 춥게."

"그냥. 처음으로 같이 전도 만들어 보고, 처음으로 이 집에서 와인도 먹고, 그러니까 처음으로……."

민수가 출근할 때 현관 앞에서 손을 흔든 적은 있어도 이렇게 멀리까지 나온 건 처음이었다. 언제나 돌아올 거라 생각했기에. 민수를 배웅하고 돌아와 베란다의 짐들을 정리하다 선반 뒤쪽 틈새에 끼어 있는 비닐봉지를 발견했다. 어렵게 손을 넣어 꺼내 보니 트리 오너먼트들이 들어 있었다. 그리고 여름에 사두었던 눈사람과 크리스마스 장식이 그려진 포장지도 거기에 있었다.

새해

시골집에서 하는 김장은 이번으로 끝이었다. 지난달에 할머니가 얼어 있는 마당에 넘어져 허리를 삐끗한 뒤로 거동이 힘들어졌기 때문이다. 시골집은 금세 팔렸다. 귀촌하는 중년 부부가 매입했다고 한다. 어쨌든 명절에 모일 곳이 사라져서 이번 설에는 엄마의 스크린 골프장에서 모이기로 했다.

이모와 이모부, 사촌들이 모두 방 하나에 모였다. 큰이모부는 스크린을 향해 연신 공을 날리고, 막내 이모는 이리저리 돌아다니며 세배부터 해야 하지 않느냐고 물었다.

"근데 절을 어디서 하지?"

"엄마, 저기 가서 앉아!"

엄마가 할머니를 모조 잔디 위에 앉히자, 프로젝터가 스크린에 비추는 골프장의 필드 배경이 할머니 몸 위를 지나갔다. 초록 잔디와 푸른 하늘, 작은 구멍과 깃발이 할머니 몸 위로 쏟아졌다. 할머니가 온통 푸르러졌다.

"방도 좁으니까 단체로 세배하자."

화면 앞에 앉은 푸르른 할머니를 향해 엄마와 이모를 비롯한 온 가족이 세배를 했다. 할머니는 올해도 건강하라는 덕담을 남겼다. 세배를 하고 일어서는데 막내 이모가

"근데 언니, 우리 오늘 뭐 먹어?"

물었고 큰이모가

"새해엔 떡국 아니야?"

답했다. 엄마는 그 모든 의견을 무시했다.

"어휴, 가게에서 음식 할 시간이 어딨어. 중국 음식 배달시켜 먹자, 그냥."

엄마는 사촌 동생들에게 배달 앱으로 중국 음식을 좀 시키라고 했다. 나는 큰이모부가 다시 공을 날리기 시작한 방의 소파에 누워 잠시 눈을 감고 있었다. 카운터 쪽에서 동생이 다른 가족들에게 하는 이야기가 들렸다.

"그래서 누가 내 졸업 작품을 훔쳐 갔다고 친구들이 난리가 난 거야."

"어머, 누가 떼 간 거야?"

"작품을 아예 떼 간 건 아니고, 내가 그때 작품의 일부로 책자를 하나 만들었는데 그걸 누가 홀랑 가져간 거지."

"그래서 어떻게 했어?"

눈을 감고 들으니, 이모들의 목소리가 너무 닮아서 누가 말하고 있는지 알 수 없었다.

"밥 먹다 말고 전시회장으로 달려가서 바로 CCTV 돌려봤지. 근데 그 책 가져가는 사람 뒷모습이 너무 익숙한 거야."

"……?"

"엄마였어."

엄마 있는 데까지 이 얘기가 들렸는지 엄마가 항변했다.

"나는 가져가라고 만들어놓은 줄 알았지!"

가족들이 닮은 목소리로 소리 내 웃었고, 때마침 배달 음식이 도착했다. 모두가 세배를 했던 방으로 다시 모였다. 엄마가 꺼내 온 간이 식탁에 온 가족이 포트럭 파티처럼 둘러섰다. 의자가 없었기 때문이다. 사촌 동생들이 배달 음식의 포장을 뜯어 포장 용기를 열자마자 매운 냄새가 훅 올라왔다.

"이게 뭐야?"

사촌 동생들이 함께 외쳤다.

"마라탕!"

"그런 걸 시키면 어떡해?"

"중국 음식 아무거나 시키라면서요!"

결국 어른들은 다시 배달 앱을 켜고 새해 첫날의 메뉴를 신중하게 골라야만 했다. 이모들이 메뉴를 고르는 동안 엄마는 카운터에 앉아 믹스커피를 마시며 불평을 했다.

"왜 정초부터 손님이 하나도 없냐."

나는 정초부터 벽을 향해 골프공을 날리고 싶은 사람이 있을까? 생각하다가 아니, 어쩌면 절대 무너지지 않을 것 같은 벽을 향해 계속해서 공을 날려보고 싶은 사람이 있는지도 모르지, 잔디도, 모래도, 나무도, 하늘도, 개울도 망치지 않는 채로, 그것들이 자신의 몸에 흘러가도록 두고 싶은 사람이 있는지도 모르지, 하고 이해해 보기로 했다.

*

 마지막으로 시골집에 간 사람은 나였다. 역시나 회사고 가게고 아무 데도 출근을 안 하는 사람은 나뿐이었기 때문이다. 할머니가 미처 처리하지 못한 가구들을 처리하는 게 내게 주어진 일이었다.

 시골집의 철문은 녹슨 소리를 내며 열렸다. 평상엔 할머니가 미처 치우지 못한 것 같은 곶감이 놓여 있었다. 나는 안채에 있는 할머니 방으로 들어가 불을 켰다. 손잡이가 떨어져 나간 장롱 안엔 내가 어릴 때 덮던 이불들이 그대로 있었고, 외투걸이에는 할아버지가 즐겨 쓰던 모자가 아직 걸려 있었다. 그리고 TV 위쪽에는 아무 순서 없이 걸린 가족들의 사진이 남아 있었다. 이 집의 무엇 하나 변하지 않아서 금방이라도 할머니가 들어와 드라마를 보겠다며 씻지도 않고 누울 것 같았다. 나는 부엌에 있던 의자를 가져와 벽에 걸린 액자를 하나하나 떼어냈다.

할머니 방에서 자도 됐지만 굳이 사랑방에서 자고 싶었다. 장작이 남았길래 아궁이에 불도 땠다. 삼촌의 물건들은 챙기지 않아도 되는 걸까, 생각하며 뜨끈한 방에 한참을 누워 있다 보니 목이 말랐다. 시원한 맥주 생각이 났다. 할머니네 집 냉장고에 맥주가 있을까를 고민하다 아직 근처 점방이 열려 있을지도 모른다는 생각에 밖으로 나섰다. 슬리퍼 끝으로 튀어나온 발가락이 찬 공기에 벌써부터 얼얼했다.

산딸기가 열리지 않는 계절, 시골의 밤하늘이지만 별이 많진 않았다. 멈추지 않는 물소리가 작게 들려왔고 나는 사람이, 성철이가 목을 맸던 다리를 건넜다. 문득 다이빙을 하던 엄마, 다슬기를 잡던 나, 가늘게 흐르는 물의 사진을 찍던 동생, 그리고 이 다리를 건넜던 수많은 사람들이 겹쳐졌다. 잠시 다리에 멈춰 섰다. 아직 아래를 내려다볼 용기는 나지 않았다.

나는 예전에 이 다리 밑으로 흐르던 강의 수위가 높았다는 것을 기억해 냈다. 그때의 물은 더 조용하게 흘렀을 것이다. 깊은 물일수록 흐르는 소리는 잘 들리지 않는 법이니까.

저 멀리 자그맣고 희미한 불빛이 보였다. 점방인지 아닌지, 맥주가 있을지 없을지 모를 그곳을 향해 걸었다. 멀리서 보면 나는 어둠을 향해 걸어가는 것처럼 보일지도 모르겠다.

소설가
송지현의
일요일

2025. 07.

01 02 03 04 05 06 07 08 09 10
11 12 13 14 15 16 17 18 19 20
21 22 23 24 25 26 27 28 **29** 30
31

2025년 7월 29일

Mon   Tue   Wed   Thu   Fri   Sat   Sun

그러니까 이 일기는…… 방학 일기다.
아마 개학을 앞둔 많은 아이들이 그랬을
거라 생각하는데, 나는 방학 숙제를 늘
개학 전날에 하곤 했다. 대개의 숙제들은
하기 싫었지만 밀린 일기를 쓰는 것은
그래도 좀 좋아하는 편에 속했다. 그날의
날씨를 기억해 내면서, 그날 있었던 일을
되짚어 보면서, 그날의 나로 돌아가 보는
일.
시골집 아랫목에서 베개를 가슴팍에 깔고
엎드려 누워 있으면 어느 순간 팔꿈치가
아파올 때가 있었다. 그럴 때 내가 베던
어린이용 낮은 베개를 치우고 어른들이
쓰는 베개를 가슴팍에 깔면 각도는
완벽해졌다.
엎드려서 무언갈 오랜 시간 해도 끄떡없던
시기였다. 지금은 승모근이 뭉쳐서 못

2025. 07. 29.

하지만……
어쨌든 마감 직전에야 쓰고 있다는 사실을
돌려 돌려 길게 말해보았다. 이 책의
제목도 오늘은 좀 돌아가 볼까, 니까.
이왕 돌아가는 거 책 편집을 맡은 곽수빈
편집자를 좀 소개할까 싶다. 솔직히
그녀가 게으른 작가를 다루는 솜씨는 정말
놀라울 정도다. 그녀는 과다한 업무로
힘든 와중에도 잊지 않고 매일같이 나를
책상 앞에 앉혔다. 덕분에 나는 처음으로
긴 호흡의 소설을 완성할 수 있었고, 이
모든 과정을 지켜본 내 친구들은 현재
곽수빈 편집자를 노벨 편집자상과 노벨
조련상 후보로 노미네이트해 두었다.
이렇게 나를 자주, 오래, 책상에 앉혀
원고를 받아낸 편집자는 작가 인생 12년
만에 두 번째다. 이 둘이 나를 책상 앞에

앉히는 방식은 놀라울 정도로 닮아 있다.
서로 노하우를 공유한 것이 아닐까 싶을
정도였다. 그들은 잊지 않고 매일 하루 세
번 안부 메시지를 보낸다.
— 좋은 아침입니다.
— 점심 맛있게 드세요.
— 오늘도 원고 쓰시느라 고생 많으셨어요.
게다가 그들의 메시지는 꼭 실컷 딴짓을
할 때마다 도착해 나를 흠칫 놀라게
했다. 어느 날엔 집에 설치해 둔 홈캠이
해킹당한 것이 아닌가 하는 의심도 해본
적이 있을 정도니까.
아, 나를 책상에 앉힌 첫 번째 편집자는
에세이 『동해 생활』의 편집자로, 나의
남다른 게으름을 간파하고는 연재처도
미리 만들어 두신 치밀한 사람이다. 잘
지내시죠, 상훈 님……?

2025. 07. 29.

처음에는 일기의 마감일을 7월 20일로 전해 들었다. 편집자는 하루에 한 줄만 써도 되고, 어떤 분량이든 상관이 없다고 했다. 그러니 일을 늘 몰아서 처리하는 내가 7월 19일에서야 일기를 쓰기 시작한 것은 당연한 일이다. 쓰다 말긴 했지만 그 일기의 내용은 이랬다.

> 2025년 7월 19일 토요일
> 이 일기는 방학 일기다. 그러니까 몰아서 쓴다는 말이다. 뭐? 일기의 뜻은 날마다 그날그날 겪은 일이나 생각, 느낌 따위를 적는 개인의 기록(출처: 네이버 국어사전)이라고? 아니, 당신은 정말 매일매일 하루가 끝날 때 일기를 썼다고? 그렇다면 나는 당신을 이 세상 사람이 아니라고

Mon **Tue** Wed Thu Fri Sat Sun

생각한다. 방학 기간에 매일매일
숙제를 하는 아이가 있을 리 없지
않은가. 심지어 안네조차도 매일
일기를 쓰진 않았는걸? 그런데 보리는
내가 글만 쓰면 왜 이렇게 우는 걸까.
근데 왜 고양이는 짖는 게 아니라
우는 거지? 이젠 발을 무네. 보리야,
언니도 일 좀

2025. 07.

01 02 03 04 05 06 07 08 09 10
11 12 13 14 15 16 17 18 19 20
21 22 23 24 25 26 27 28 29 **30**
31

2025년 7월 30일

Mon   Tue   **Wed**   Thu   Fri   Sat   Sun

나는 갑자기 어떤 것에 마음이 끌리면
하던 일을 멈추고 바로 그걸 탐구하는
타입이다. 친구들은 이걸 주의력 결핍
장애라고 부른다고 했다. 어쨌든 그래선지
쓰다 만 내 글은 완벽한 문장으로 끝나는
것이 거의 없다. 아마도 7월 19일엔 쓰다
말고 보리를 안고 누워 있지 않았나 싶다.
나는 작업하는 동안 컴퓨터의 전원을 끄지
않는다. 내 컴퓨터는 그러니까 19일부터
지금까지 계속 켜져 있다. 지구에게 조금
미안하지만 마감을 위해서는 어쩔 수
없다. 어찌저찌 일을 할 마음을 먹고 책상
앞에 앉았다 해도, 컴퓨터 전원이 켜지는
걸 기다리는 그 짧은 시간 동안 다른 것에
마음이 끌려 책상을 떠나기가 일쑤기
때문이다.
모니터만 켜면 어제 내가 쓰다 만 글들이

2025. 07. 30.

그대로 있다. 하지만 그 아래에 문장을
이어 쓸 순 없다. 어제의 나와 오늘의 나는
미묘하게 다른 사람이기 때문이다. 그래서
나는 새로 작업을 시작할 때마다 계속 새
문서를 만들고 그러다 보면 작업표시줄엔
늘 빈 문서가 가득하다. 그리고
[빈 문서 1 - 한글], [빈 문서 2 - 한글]
들의 길이가 짧아져 [빈 문……]만 보일
때쯤, 어느 날의 부지런한 내가 하나의
원고로 통합한다. 며칠이 지나면 금세
또 빈 문서 창이 여러 개 쌓이고 다시
통합…….
몇 번의 통합을 거치면서 떠오르는
대로 쓴, 즉 쓸데없는 문장들을 지운다.
그러니까 7월 19일의 일기를 다듬어서
"이 일기는 방학 일기다" 같은 한 문장만
남기는 식이다. 지금도 7월 19일의 일기를

다시 읽어보니 정말 아무 말이나 썼구나
싶다. 심지어 매일매일 하루가 끝날 때
일기를 쓴 사람이 절대 없을 거라는 확증
편향의 문장까지……
어쨌든 다음 날 보는 글은 언제나
쓰레기처럼 느껴지고 열 문장을 쓰면
한 문장이 남을까 말까다. 지독히 낮은
생산성이다. 게다가 나는 7월 29일의
일기마저 완성하지 못하고 다음 날인
지금까지 이어 쓰고 있다!

2025. 08.

01 02 03 04 05 06 07 08 09 10
11 12 13 14 15 16 17 18 19 20
21 22 23 24 25 26 27 28 29 30
31

2025년 8월 1일

Mon   Tue   Wed   Thu   Fri   Sat   Sun

나는 보통 마감의 마지노선을 월요일
새벽으로 잡는다. 편집자들이 월요일
아침에 출근하여 기분 좋게 확인하도록.
그러나 잡긴 하는데 잘 지키지는 못한다.
나의 친구 P는 대체 왜 마감을 지키지
않는 거냐며 이 업계(?)가 이해되지
않는다고 했던 적이 있다. 그 말을 듣기
전까지 나는 마감을 지키지 못하는
것에 대해 많은 생각을 하진 않았던 것
같다. 하지만 듣고 보니 정말 그랬다.
노동계약을 하고 제때 일을 하고 돈을
받는 것. 자본주의 사회에서는 너무나
당연한 일인데. 왜 약속을 지키지 않고,
게다가 때때로 당당하고…… 나는 왜……
이런 거지……?
하지만 내 경우, 원고료를 안 받는 것보다
잘 쓰지 못한 소설을 발표하는 것의

손해는 더 크게 느껴진다. 못 쓴 소설을 발표하고 나면(그렇다고 늘 잘 쓴 소설을 발표하는 건 아니지만) 수정하여 책에 실을 때까지, 혹은 싣기를 포기할 때까지, 몇 년 동안 괴로움에 시달리기도 한다. 그 괴로움과 매당 만 원(보통 원고료는 매당 오천 원에서 만 원 사이로 책정되어 있다)의 수익을 비교하자면…… 아무래도 몇 년간 괴롭지 않은 쪽을 선택하게 되는 것이다. 물론 이 원고로 말할 것 같으면 단행본으로 출간되는 것이니 단발성의 원고료가 아닌 인세를 받게 될 테지만, 그렇다고 해서 그 액수의 차이가 유의미할지는…… 이만 말을 아낀다…….

『오늘은 좀 돌아가 볼까』는 원래 단편소설 「김장」에서부터 시작했다. 「김장」은 할머니 집에서 보냈던 방학을 떠올리며 쓴 소설인데, 그때만 해도 시골집은 그대로 있어서 언제라도 갈 수 있는 곳이었다. 하지만 이 소설을 쓰는 동안 정말 팔려 버려서 이상한 기분이 되었다. 엎드려서 밀린 방학 숙제를 하던 아랫목에 다시는 누울 수 없다는 사실에.

밀린 방학 숙제처럼 해내는 모든 마감은 컴퓨터가 있는 내 방에서 이루어진다. 노트북을 들고 거실이나 침대로 옮겨 다니며 쓸 때도 있지만, 결국 마감 일주일 전부터는 거의 대부분의 문장이 컴퓨터 앞 책상에서 적힌다. 마감 막바지에는 그렇게 좋아하는 음악도 틀어놓지 않는다. 카페에서 작업을 하지 못하는 이유와도 비슷한데, 카페에는 주변 사람들의 대화, 음악 소리, 커피머신 소리, 여러 냄새 등

2025. 08. 01.

너무 많은 자극이 있기 때문이다. 나는
조그만 자극에도 금세 글을 쓰고 있다는
사실을 잊곤 한다. 마감이 닥쳐오기
때문에 이 글도 당연히 책상 위에서
적히고 있다. 내 책상엔 사두고 한 번도
사용하지 않은 휴대폰 금고와 뽀모도로
작업용 시계가 올려져 있다. 휴대폰을
금고에 넣고 작업용 시계의 태엽을 감을
마음조차도 먹기가 이렇게 힘들어서야,
원.
그나저나 또 돌고 돌아 마감을 해내지
못했다는 이야기를 길게 적었다.
그래도 아직 토요일과 일요일이 남아
있으니, 집중하면 이 일기는 월요일
아침에 편집자님께 무사히 도착할 것이다.

2025. 08.

01 **02** 03 04 05 06 07 08 09 10
11 12 13 14 15 16 17 18 19 20
21 22 23 24 25 26 27 28 29 30
31

2025년 8월 2일

2025. 08. 02.

고등학교 친구가 놀러 와서
두부김치제육과 미숫가루 소주를 먹었다.
미숫가루 소주는 처음 먹어봤는데
달달하고 맛있어서 이거 큰일 났다, 우리
벌컥벌컥 먹다 만취하는 거 아니냐,
걱정했다. 이제 어른(?)이니까 달다고
많이 마시지 말고 두 병까지만 먹자는
다짐을 했는데……
단 술에 물린 탓인지 소화기관도 늙은
탓인지 반병도 채 먹지 못한 우리는 역시
나이가 든 게 확실하다며 노래방에 가서
열창하여 소화를 시키고 집에 왔다.
친구는 자고 있고 나는 오늘의 일기를
쓰고 있다.
내일은 꼭 마감해야지.

2025. 08.

01 02 **03** 04 05 06 07 08 09 10
11 12 13 14 15 16 17 18 19 20
21 22 23 24 25 26 27 28 29 30
31

2025년 8월 3일

2025. 08. 03.

다른 날 일기에도 썼던 것 같은데
나는 갑자기 어떤 것에 마음이 끌리면
하던 일을 멈추고 바로 그걸 탐구하는
타입이다. 낮에 일어나 친구와 순댓국을
시켜 먹고, 오후 뉴스를 보고 있었다.
그때만 해도 일요일이니 오늘은 정말
빡세게 원고를 써서 월요일 아침
편집자님의 일정에 차질이 없도록
하자, 다짐했던 것이 기억난다. 하지만
일기예보에서 '오늘부터 폭우가
시작된다'라는 소식을 들은 순간, 내
마음은 슬그머니 다른 쪽으로 옮겨 가기
시작했다.
비가 올 때 억지로 나가는 건 싫지만,
그래도 비 오는 걸 좋아하는 편이다. 낮은
조도의 방 안에서 창밖으로 비를 바라보는
일은 더없이 좋고, 폭우 속으로 일부러

Mon   Tue   Wed   Thu   Fri   Sat   **Sun**

걸어 나가는 일은 더더욱 좋다. 어릴 적 비
예보가 있으면 나는 일부러 나가 놀았다.
온몸이 흠뻑 젖은 채 돌아와 따뜻한 물로
샤워를 하면 온몸 끝까지 나른한 기분이
퍼졌고, 그건 정말 최고였다.
일기예보에서 비가 내린다고 하면
비를 맞으러 나갈 준비를 하듯, 나는
어릴 때부터 공연 스케줄을 챙겨 봤다.
상황만 되면 어떤 공연이든 다 따라갔고,
돈만 모이면 홍대 클럽에 가서 밴드를
봤다. 등단작조차 「펑크록 스타일 빨대
디자인에 관한 연구」였으니, 나라는
사람의 2025년 8월 3일의 일정은 아주 어릴
적부터 정해져 있었는지도 모르겠다.
그러니까 또 길게 돌려 말했지만, 8월
3일엔 비가 내린다는 예보가 있었고,
마침 인천에서는 록 페스티벌이

2025. 08. 03.

열리는 중이었다. 매년 참가하던 그 록 페스티벌은 특히나 올해는 20주년을 맞이해, 사실 이번 페스티벌을 기대하며 얼리버드로 티켓도 샀었더랬다. 하지만 올여름의 폭염이 엄청날 것이라는 소식을 듣고, 폭염 속에서 3일을 버틸 자신이 없어 결국 수수료까지 물어 가며 티켓을 취소했다.
그런데…… 오늘은 비가 오니까……
게다가 폭우가 내리고…… 그런 데다
음악까지 있으면…… 나는 바로
당근마켓을 뒤져 당일 티켓을 검색하기 시작했다. 마감은 이미 머릿속에서 휘발된 지 오래였다.
집에 갈 준비를 하던 친구는 내가 미친 듯이 록 페스티벌 티켓을 검색하는 모습을 보고 약간 놀라며 물었다. 자신은

록 페스티벌에 가본 적이 없는데 혹시
괜찮다면 같이 가볼 수 있겠냐고.
결국 중고나라와 당근마켓과 번개장터
등등을 실시간으로 뒤져 친구 티켓까지
구해냈다. 어차피 비에 젖을 것이니
선크림만 바른 뒤 우리는 바로 공연장으로
향했다. 가는 길에 비가 슬쩍 내리기
시작했고, 나는 차 안에서 환호했다.

록 페스티벌의 풍경은 여전했다. 다들
더위를 이겨내며, 그러나 가까이에 몸을
붙인 채 음악을 듣고 있었다. 그리고
여전한 게 또 하나. 20년 전 내가 그렇게나
쫓아다니던 무대에서 연주를 하던
밴드들이었다. 그들이 여전히 무대에 서
있었다. 델리스파이스, 자우림, 3호선
버터플라이……. 음악은 언제나 그 음악을

듣던 순간으로 사람을 데려가는 효과가 있어서, 나는 속수무책으로 20년 전의 과거로 돌아갈 수밖에 없었다.
처음 록 페스티벌에 갔던 날, 서로의 마음을 확인하고 연애를 시작하기로 한 날, 그날 마주 잡았던 손의 감촉, 그의 연락을 하염없이 기다리던 새벽, 결국 어떤 답장도 받지 못한 채 떠오른 해와 그 무심한 햇살, 첫 실연, 안 풀리던 소설을 붙들고 있던 밤, 좋아하는 사람들과 모여 술을 마시던 날…….
그리고 그 기억들은 이내 천천히 지금-여기와 겹쳐 완전히 새로운 풍경을 만들어내고 있었다. 나는 조금 울었다. 그리고 정신이 들어 옆을 보니 친구는 아예 눈을 감은 채로 몸을 흔들고 있었다. 그때 비가 내렸다. 굵은 빗방울이 맨살

Mon   Tue   Wed   Thu   Fri   Sat   **Sun**

위에 뚝뚝 떨어졌다. 빗방울이 닿는
곳마다 감각이 예민해졌다. 문득 모든
곳이 젖었지만 손바닥은 말라 있다는
사실을 깨달았다. 손바닥을 하늘로 향하니
뚝뚝, 말라 있던 손에 빗물이 고이기
시작했다.

록 페스티벌이 끝나고, 땀과 빗물로
온몸이 흠뻑 젖은 채 집에 갈 채비를
하던 참이었다. 한 외국인 여성 관객이
내게 다가와 영어와 한국어를 섞어 말을
걸었다.
"나 취했는데, 내 친구 갔어요. 같이
있어도 돼요?"
머리에 잔디 모양의 작은 핀을 꽂고
리버틴즈 티셔츠를 입은 그녀에게 나는
집이 어디냐고 물었고 그녀는 홍대

인근에 산다고 대답했다. 조금 고민하다 이 근처에선 택시를 잡기 어려울 것 같고 또 많이 취해 보이니 우리 동네로 함께 이동한 뒤 그곳에서 택시를 타는 게 어떻겠냐고 제안했다. 그녀는 그래줄 수 있냐고, 너무 친절하다며 거듭 고맙다고 했다. 대신 나는 조건을 하나 달았다.
"절대로 차 안에 토하면 안 돼요."
주차해 둔 곳이 멀어 이런저런 이야기를 나누며 오래 걷게 되었다. 그녀의 이름은 티나. 우루과이에서 왔고 한국에 산 지 5년 차. 록 음악을 너무나 사랑하는 티나는 오후 5시 즈음 테킬라 샷을 연거푸 마신 뒤로 그 어떤 무대를 본 기억도 없다고 했다. 그러나 정말 기분이 좋았다고, 비가 온 것까지 완벽했다고, 게다가 내일은 휴무라고 했다.

오래 걸어선지 티나는 그새 술이 조금 깬 것 같았다. 단어를 찾느라 시간이 걸리던 한국어도 슬슬 유창해지기 시작했다. 어쩐지 이대로 헤어지기는 좀 아쉽다는 생각이 들던 차에 티나가 물었다.
"그런데 둘은 왜 술 안 마셨어요? 술 싫어해요?"
친구와 나는 동시에 손을 내저으며 답했다.
"차 가져와서 못 먹은 거예요. 집에 가서 마실 거예요."
그리고 나는 영어 단어를 머릿속으로 짚어서 아주 딱딱한 문장을 겨우 만들었다.
"Shall we go……?"
끝까지 다 말하지 못했지만 티나는 활짝 웃으며 예스, 라고 답했다. 집에

2025. 08. 03.

도착해서는 치킨에 소맥을 곁들였다.
그 밤, 우리는 서로가 살아오며 들어온
음악을 나눠 들었다. 티나가 좋아하는
밴드는 오아시스, 친구가 좋아하는 밴드는
1975, 내가 좋아하는 밴드는 너무 많았다.
그 탓에 우리는 해가 뜨고서야 겨우
잠자리에 누울 수 있었다.
나는 자기 전에 우루과이를 검색해
보았다. 한국의 대척점에 위치한 나라.
게다가 처음 들어보는 발음의 수도. 지구
반대편에서 태어난 사람이, 게다가 몇
시간 전까지는 알지도 못했던 사람이,
지금 우리 집에서 잠들어 있다는 사실이
이상했다.

2025. 08.

01 02 03 **04** 05 06 07 08 09 10
11 12 13 14 15 16 17 18 19 20
21 22 23 24 25 26 27 28 29 30
31

2025년 8월 4일

다음 날 티나는 한국어를 전혀 못 하는
사람이 되어 있었다. 술에 취해 단어가
생각나지 않아서 천천히 말하는 줄
알았는데, 오히려 술에 취했기에 그토록
유창했던 것이었다. 역시 외국어는
심리적 장벽을 이겨내는 것이 제일 중요한
법……
어색하게 해장국을 둘러싸고 앉은 우리는
침묵을 이기기 위해 엉망진창인 문법의
영어를 사용하여 열심히 서로에 대해
물었다. 그리고 내가 티나에게 어쩌다
한국에 오게 되었냐고 묻자 티나가
머릿속을 둘러보는 듯하더니 한국어로
천천히 대답했다.
"나, 미친 딸."
나도 대답했다.
"우리 모두 미친 딸."

Mon   Tue   Wed   Thu   Fri   Sat   Sun

우리는 깔깔거리며 물컵을 어제의
술잔처럼 부딪쳤다.
티나와 친구가 집으로 돌아간 뒤 나는
깊은 잠에 빠져들었다. 비를 맞으며 몇
시간 동안 춤을 춘 탓인지 온몸이 쑤셨다.
일어나니 친구에게 메시지가 와 있었다.
자유롭고 행복했다고, 데리고 가주어
고맙다고 했다. 평소에 나는 스스로를
제어하지 못하는 나의 충동적인 면을
가장 싫어한다. 하지만 오늘은 어쩐지
나의 그런 부분마저 마음에 들었다. 겨우
몸을 일으켜 모니터를 켰는데, 빈 문서
파일처럼 아무 생각도 나지 않았다. 나는
결국 편집자에게 장문의 사과 메일을
보냈다. 물론 록 페스티벌에 다녀왔다는
이야기는 쏙 빼놓았다. 그래서 사실은 이
글을 송고하게 될 날이 매우 두렵다.

2025. 08.

01 02 03 04 **05** 06 07 08 09 10
11 12 13 14 15 16 17 18 19 20
21 22 23 24 25 26 27 28 29 30
31

2025년 8월 5일

Mon **Tue** Wed Thu Fri Sat Sun

마감을 해야 한다. 마감을 해야 한다는
사실을 회피하고 싶어서 평소에
미뤄두었던 병원에 다녀왔다. 병원에
가려고 차에 타기까지도 여러 일이
있었다. 차 키를 두고 와 다시 집에 갔다가
차 키 옆에 있던 머리핀만 꽂고 다시
내려와서 또! 다시 돌아가 차 키를 들고
내려와 보니 차 위에 텀블러가 덩그러니
놓여져 있었다는 식의. 병원에서 몇 가지
검사를 받았는데 검사 결과는 그다지
놀랍지 않았다. 미친 딸이 공식 미친
딸임을 인정받았을 뿐이다. 처방받은 약은
내일부터 먹기로 했다. 치료는 내일부터!
아니, 마감은 진짜 진짜 내일부터!

2025. 08.

01 02 03 04 05 06 **07** 08 09 10
11 12 13 14 15 16 17 18 19 20
21 22 23 24 25 26 27 28 29 30
31

2025년 8월 7일

Mon　Tue　Wed　**Thu**　Fri　Sat　Sun

내게는 역대급으로 긴 호흡의 원고이지만
편집자는 좀 짧은 편이라고 한다. 그
말을 듣고 어떻게든 일기라도 늘려보려
또 빈 문서를 열었다. 하지만 저의
호흡은 여기까지인 것 같아요. 노벨
조련상 후보인 곽수빈 편집자님의
기대에 부응하지 못해 죄송합니다.
그래도, 덕분에 오랜만에 일기 쓰는
감각을 느꼈습니다. 그날의 날씨를
기억해 내면서, 그날 있었던 일을 되짚어
보면서, 그날의 나로 돌아가 보는 일의
즐거움을요.
그러니, 오늘은 굳이, 좀, 멀리 돌아가
보아도 되겠지요?

소설가의
책상

친구들은 이 방을 회전형 작업장이라고 부른다.
글을 쓰다 고양이를 쓰다듬다
건반을 치다 다시 글을 쓸까 고민하게 되는 내 방.
책상 위엔 고장 났지만 미련이 남아서 버리지 못한
조명도 세 개나 올려져 있다.
어쩌면 내 소설은 미련 속에서 나오는 걸지도.

사진 : 송지헌